Edgar Allan Poe, geboren am 19. Januar 1809 in Boston, ist am 7. Oktober 1849 in Baltimore gestorben.

Poes Geschichten zählen zum Bestand der Weltliteratur mit ihrem Unheimlichen, dem Grauen, dem Alptraum, der Nervenkrise, dem Überwirklichen. Messerscharf analysiert er das Verbrechen, die zynische Grausamkeit des Menschen, seinen kranken Verstand. Für ihn ist das Leben voller magischer Rätsel, die Mitwelt über die Maßen inhuman: ihr will er seinen düsteren Grotesk-Spiegel vorhalten. Vier ausgewählte Erzählungen, die Edgar Allan Poe erstmals in den Jahren 1841 bis 1843 veröffentlichte, sind hier versammelt.

insel taschenbuch 2351
Edgar Allan Poe
Die Grube und das Pendel

# Edgar Allan Poe
# Die Grube und das Pendel

## *Schaurige Erzählungen*

Aus dem Englischen von
Erika Gröger und Heide Steiner
Insel Verlag

insel taschenbuch 2351
Erste Auflage 1995
© Insel Verlag Frankfurt am Main und Leipzig 1995
Alle Rechte vorbehalten
Hinweise zu dieser Ausgabe am Schluß des Bandes
Vertrieb durch den Suhrkamp Taschenbuch Verlag
Umschlag nach Entwürfen von Willy Fleckhaus
Satz: Hümmer GmbH, Waldbüttelbrunn
Druck: Wagner GmbH, Nördlingen
Printed in Germany

1 2 3 4 5 6 – 00 99 98 97 96 95

# Inhalt

# Sturz in den Malström

Die Wege Gottes in der Natur wie in der Vorsehung gleichen nicht *unseren* Wegen; noch entsprechen die Modelle, welche wir uns formen, in irgendeiner Weise der Unermeßlichkeit, Abgründigkeit und Unerforschlichkeit Seiner Werke, *welche eine Tiefe an sich haben, unergründlicher denn der Brunnen des Demokrit.*  Joseph Glanvill

Wir hatten jetzt den Gipfel der höchsten Felsklippe erreicht. Einige Minuten lang schien der alte Mann zu erschöpft, um sprechen zu können.

»Es ist noch gar nicht lange her«, sagte er schließlich, »da hätte ich Sie auf diesem Wege ebensogut wie der jüngste meiner Söhne geführt; doch vor etwa drei Jahren habe ich etwas erlebt, was noch keinem Sterblichen zuvor widerfahren ist – oder wenigstens wie es noch kein Mensch je überlebt hat, um davon berichten zu können – und die sechs Stunden tödlichen Grauens, die ich damals durchlitt, haben mich an Leib und Seele gebrochen. Sie halten mich gewiß für einen *sehr* alten Mann –

das bin ich aber nicht. Weniger denn einen einzigen Tag hat es gebraucht, da war dieses Haar, früher pechschwarz, weiß geworden, meine Glieder kraftlos und meine Nerven schwach, so daß ich bei der geringsten Anstrengung zittre und mir schon vor einem Schatten bange ist. Wissen Sie, daß ich kaum über den Rand dieser kleinen Klippe blicken kann, ohne daß mir schwindlig wird?«

Die ›kleine Klippe‹, an deren Rand er sich so unbekümmert hingeworfen hatte, um auszuruhen, daß der schwerere Teil seines Körpers darüberhing, indes ihn nur sein auf der äußersten und schlüpfrigen Kante aufgestützter Ellenbogen vorm Hinunterfallen bewahrte – diese ›kleine Klippe‹, ein glatter, senkrechter Absturz schwarzglänzenden Felsgesteins, ragte wohl fünfzehn- oder sechzehnhundert Fuß hoch aus dem Felsenmeer unter uns auf. Nichts in der Welt hätte mich dazu bewegen können, ihrem Rand auch nur auf ein halbes Dutzend Yards nahe zu kommen. Wahrhaftig, schon die gefährliche Lage meines Gefährten erregte mich derart, daß ich der Länge lang mich zu Boden fallen ließ, an die Büsche ringsum klammerte und nicht einmal wagte, zum Himmel aufzublicken – während ich mich vergeblich gegen die Vorstellung wehrte, daß durch des Sturmes Wüten dem Berg selbst in den Grundfesten Gefahr drohe. Es dauerte lange, bis ich mir durch vernünftiges Zureden genügend Mut gemacht, daß ich mich aufsetzen und in die Ferne blicken konnte.

»Über solche Anwandlungen müssen Sie wegkommen«, sagte mein Führer, »denn ich habe Sie hierhergebracht, damit Sie den Schauplatz, wo sich besagtes Geschehen zugetragen hat, möglichst gut zu sehen vermöchten – und Sie die Stelle genau vor Augen haben, wenn ich Ihnen das Ganze erzähle.

Wir befinden uns jetzt«, fuhr er in der ihm eigenen umständlichen Weise fort, »wir befinden uns jetzt nahe der norwegischen Küste – auf dem achtundsechzigsten Breitengrad – in der großen Provinz Nordland – und im düstren Distrikt der Lofoten. Der Berg, auf dessen Gipfel wir sitzen, heißt Helseggen, der Wolkenverhangene. Nun richten Sie sich ein wenig höher auf – halten Sie sich am Grase fest, wenn Ihnen schwindlig wird – so – und schauen Sie über den Dunstgürtel unter uns weg hinaus aufs Meer.«

Benommen blickte ich dahin und sah eine endlose Fläche Ozean, dessen Wasser eine so tintenschwarze Färbung aufwiesen, daß mir sogleich der Bericht des Nubischen Geographen vom *Mare Tenebrarum* in den Sinn kam. Ein trostloser ödes Panorama vermag keines Menschen Phantasie sich vorzustellen. Rechts und links, so weit das Auge reichte, dehnten sich, gleich irdischen Festungswällen, Reihen von schaurig schwarzen und rauh ragenden Klippen, deren Düsternis nur desto eindringlicher noch ins Bild gesetzt ward durch die Brandung, welche unter unendlichem Brüllen und Tosen sich mit ihrem weißen, grausigen Gischtkamm hoch daran aufbäumte. Genau gegenüber dem Vorgebirge, auf dessen Gipfel wir uns befanden, war in einer Entfernung von wohl fünf oder sechs Meilen draußen im Meer eine kleine, öd wirkende Insel zu sehen; genauer gesagt, ihre Lage ließ sich im Gewirre und Gewoge der See erkennen, die sie umtoste. Vielleicht zwei

**12**

Meilen näher zum Land hin ragte ein kleineres Eiland auf, fürchterlich zerklüftet und wüst, und umgeben, in verschiedenen Abständen, von einer Gruppe finsterer Felsen.

In dem Raume zwischen der entfernteren Insel und der Küste hatte der Anblick des Ozeans etwas sehr Ungewöhnliches an sich. Obzwar zur Zeit eine so steife Brise landeinwärts wehte, daß eine Brigg draußen auf hoher See unter doppeltgerefftem Gaffelsegel beigedreht lag und mit dem Rumpf ständig untertauchte, so herrschte hier dennoch keine richtige Dünung, sondern das Wasser schlug nur kurz, rasch und heftig kreuz und quer nach allen Richtungen – gegen den Wind als auch sonstwie. Gischt gab es kaum, höchstens in der unmittelbaren Nähe der Felsen.

»Die Insel da draußen«, nahm der Alte die Rede wieder auf, »nennen die Norweger Vurrgh. Die da in der Mitte ist Moskö. Dort, eine Meile nordwärts, liegt Ambaaren. Da drüben sind Iflesen, Hoeyholm, Kieldholm, Suarven und Buckholm. Weiter weg – zwischen Moskö und Vurrgh – liegen Otterholm, Flimen, Sandflesen und Skarholm. So lauten

**13**

ihre richtigen Namen – doch warum man es überhaupt für notwendig gehalten hat, ihnen Namen zu geben, können Sie und ich wohl sowieso nicht begreifen. Hören Sie etwas? Sehen Sie im Wasser irgendeine Veränderung?«

Wir befanden uns nun etwa zehn Minuten auf der Spitze des Helseggen, zu welchem wir vom Lofoten-Innern aus aufgestiegen waren, so daß wir vom Meere nichts gesehen, bis wir den Gipfel erreicht und es sich mit einem Male unserem Blicke darbot. Während der Alte noch sprach, vernahm ich einen lauten, allmählich anschwellenden Ton, ähnlich dem Gestöhn einer riesigen Büffelherde auf einer amerikanischen Prärie; und im selben Augenblick gewahrte ich, wie unter uns das, was die Seeleute das *stoßweise Schlagen* des Ozeans nennen, sich unversehens in eine Strömung wandelte, die ostwärts verlief. Noch während ich hinschaute, nahm diese Strömung eine reißende Geschwindigkeit an. Mit jedem Augenblick gewann sie an Schnelle – an rasendem Ungestüm. Binnen fünf Minuten war die ganze See bis hin nach Vurrgh in unbändiger

Wut aufgepeitscht; doch zwischen Moskö und der Küste herrschte der größte Aufruhr. Hier barst das ungeheure Bett der Wasser, in tausend widerstreitende Stromrinnen zerrissen und zerfurcht, mit einem Male in rasendem Tumult auseinander – da wogte und brodelte und zischte es – kreiste in zahllosen gigantischen Strudeln, und das Ganze wirbelte und stürzte ostwärts hin mit einer Schnelligkeit, wie Wasser sie sonst nie erreicht, es sei denn, es fällt steil hinab.

Wenige Minuten später wandelte sich das Bild abermals von Grund auf. Der Wasserspiegel glättete sich im ganzen etwas, und die Strudel verschwanden einer nach dem andern, indes ungeheure Schaumstreifen erschienen, wo vorher keine zu sehen gewesen. Diese Streifen breiteten sich schließlich auf weite Entfernung hin aus, vereinigten sich, nahmen die Kreiselbewegung der abgeflauten Strudel in sich auf und schienen den Keim zu einem neuen, noch gewaltigeren Wirbel zu bilden. Plötzlich – urplötzlich – nahm dieser in einem Kreise von mehr als einer halben Meile im Durchmesser deutlich bestimmtes

Dasein an. Den Rand des Strudels bildete ein breiter Gürtel von schimmernder Gischt; doch kein Teilchen davon glitt in den Schlund des fürchterlichen Trichters, dessen Inneres, so weit das Auge zu dringen vermochte, eine glatte, glänzende, pechschwarze Wand von Wasser war, zum Horizont hin in einem Winkel von wohl fünfundvierzig Grad geneigt, und diese nun wirbelte schwindelerregend herum und herum in schwingend-schwankender Bewegung und stieß in die Lüfte empor einen entsetzlichen Laut, halb Schrei, halb Gebrüll, wie ihn nicht einmal der mächtige Niagara-Katarakt je in seiner Agonie gen Himmel schickt.

Der Berg erzitterte bis auf den tiefsten Grund, und der Felsen bebte. Über die Maßen erschreckt, warf ich mich zu Boden und klammerte mich an das spärliche Gras.

»Das«, sprach ich schließlich zu dem alten Manne – »das *kann* nichts andres sein denn der große Strudel des Malström.« – »So wird er zuweilen genannt«, sagte er. »Wir Norweger heißen ihn den Mosköström, nach der Insel Moskö da in der Mitte.«

Die gewöhnlichen Beschreibungen dieses Strudels hatten mich in keiner Weise auf das vorbereitet, was ich hier sah. Die des Jonas Ramus, welche vielleicht von allen die ausführlichste ist, vermag nicht die geringste Vorstellung zu vermitteln, weder vom Grandiosen noch vom Grausigen des Schauspiels – auch nicht von dem wild verwirrenden Gefühl des *Neuartigen*, das den Betrachter ganz betroffen macht. Ich weiß nicht sicher, von welchem Blickpunkte aus der genannte Verfasser ihn gesehen hat, noch, zu welcher Zeit; doch konnte dies weder vom Gipfel des Helseggen noch während eines Sturms gewesen sein. Indes enthält seine Beschreibung einige Passagen, die um ihrer Einzelheiten willen hier zitiert seien, obgleich sie kaum vermögen, einen Eindruck von dem Schauspiel zu vermitteln.

›Zwischen Lofoten und Moskö‹, heißt es dort, ›beträgt die Wassertiefe zwischen sechsunddreißig und vierzig Faden; doch auf der anderen Seite, nach Ver (Vurrgh) zu, nimmt diese Tiefe derart ab, daß ein Seeschiff nicht ausreichend Fahrwasser findet, ohne Gefahr

**17**

zu laufen, auf den Felsen zu zerschellen, was selbst bei ruhigstem Wetter vorkommt. Bei Flut tobt der Strom zwischen Lofoten und Moskö mit rasender Schnelligkeit dem Lande zu; doch flutet die Ebbe wildtosend ins Meer zurück, kommt seinem Gebrüll kaum der lauteste und schrecklichste Katarakt gleich; meilenweit hört man das Brausen, und die Strudel oder Wasserschlünde sind von solchem Ausmaß und solcher Tiefe, daß ein Schiff, gerät es in ihren Sog, unweigerlich verschlungen und auf den Grund hinuntergerissen wird, wo es an den Felsen zerschellt; und wenn das Toben des Wassers nachläßt, werden die Trümmer wieder ausgespien. Doch diese Ruhepausen gibt es nur beim Wechsel von Ebbe und Flut und bei ruhigem Wetter, und nur eine Viertelstunde dauern sie, dann fängt der Aufruhr allmählich wieder an. Wenn der Strom am wildesten tobt und seine Wut noch durch Sturm verstärkt wird, ist es gefährlich, ihm auf eine norwegische Meile nahe zu kommen. Boote, Jachten und Seeschiffe sind fortgerissen worden, weil sie sich nicht vorgesehen hatten, ehe sie in seine Reichweite gerieten. Gleicherweise geschieht es häufig, daß Wale der Strömung zu nahe kommen und von ihrer Heftigkeit überwältigt werden; und nicht zu beschreiben ist dann, wie sie heulen und brüllen bei ihrem vergeblichen Kampf freizukommen. Einmal wurde ein Bär, der von Lofoten nach Moskö zu schwimmen versuchte, vom Strome erfaßt und hinabgerissen, wobei er so entsetzlich brüllte, daß es an Land zu hören war. Mächtige Stämme von Fichten und Föhren tauchen, nachdem die Strömung sie verschluckt, derart zertrümmert und zerrissen wieder auf, als würden Borsten darauf sprießen. Dies erweist deutlich, daß der Grund aus zerklüfteten Felsen besteht, zwischen denen sie hin und her gewirbelt werden. Dieser Strom wird von Flut und Ebbe des Meeres geregelt – gleichbleibend alle sechs Stunden wechseln Hoch- und Niedrigwasser. Im Jahre 1645, früh am Morgen des Sonntags Sexagesima, tobte er so laut und wütend, daß an der Küste sogar die Steinmauern der Häuser einstürzten.‹

Was die Wassertiefe betrifft, so vermochte

ich nicht zu begreifen, wie man diese in der unmittelbaren Nähe des Strudels überhaupt hatte feststellen können. Die ›vierzig Faden‹ beziehen sich wohl lediglich auf die Teile der Stromrinne ganz in Küstennähe von Moskö oder der Lofoten. In der Mitte des Moskö-ström muß die Tiefe unermeßlich größer sein; und für diese Tatsache brauchte es keines besseren Beweises, als ihn schon ein seit-licher Blick in den Abgrund des Strudels bietet, wie man ihn von der höchsten Fels-spitze des Helseggen herab haben kann. Als ich von dieser Zinne auf den heulenden Phle-gethon hinuntersah, konnte ich nicht umhin, über die Einfalt zu lächeln, mit welcher der ehrenwerte Jonas Ramus die Geschichten von den Walen und Bären wie etwas schier Un-glaubliches erzählt; denn mir schien es in der Tat selbstverständlich, daß auch das größte Linienschiff, das es gibt, geriete es in den Bereich jenes tödlichen Sogs, ihm ebensowe-nig widerstehen könnte wie eine Feder dem Hurrikan und ganz und gar und auf der Stelle darin verschwinden müßte.

Die Versuche, das Phänomen zu erklären –

**20**

von denen mir einige, so erinnere ich mich, beim Lesen hinlänglich plausibel vorgekommen waren –, zeigten sich jetzt in einem ganz anderen und unzureichenden Lichte. Die allgemein anerkannte Auffassung besagt, es habe dieser Strudel ebenso wie drei kleinere zwischen den Färöischen Inseln ›keine andere Ursache denn den Zusammenprall der bei Ebbe und Flut steigenden und fallenden Wassermassen gegen eine Kette von Riffen und Felsbänken, wodurch sich das Wasser so staut, daß es wie ein Katarakt hinabstürzt; je höher somit die Flut steigt, desto tiefer muß der Fall sein, und das natürliche Ergebnis von alledem ist ein Strudel oder Wirbel, dessen gewaltige Sogkraft aus kleineren Experimenten hinlänglich bekannt ist‹. – So die ›Encyclopaedia Britannica‹. Kircher und andere vermuten, daß es mitten in der Malström-Rinne einen Abgrund gebe, der den ganzen Erdball durchdringe und in irgendeiner sehr entlegenen Gegend wieder hervorkomme – in einem Falle ist einigermaßen bestimmt vom Bottnischen Meerbusen die Rede. Diese an sich müßige Meinung war es nun, welche meine

Phantasie, indes ich hinabschaute, am ehesten guthieß; und als ich dies meinem Führer gegenüber äußerte, überraschte es mich doch einigermaßen, von ihm zu hören, daß diese Ansicht nicht die seine sei, wenngleich so fast alle Norweger vom Gegenstande dächten. Was die zuvor erwähnte Auffassung betreffe, so bekannte er sich unfähig, diese zu begreifen; und hierin pflichtete ich ihm bei – denn wie einleuchtend sie sich auch auf dem Papier ausnehmen mag, sie wird inmitten des Donnergetöses aus dem Abgrund doch gänzlich unverständlich, ja nachgerade absurd.

»Sie haben den Strudel jetzt lange genug gesehen«, sagte der alte Mann, »und wenn Sie nun um diesen Felsvorsprung kriechen wollen, wo wir uns im Windschatten befinden und das Brüllen des Wassers gedämpfter ist, so möchte ich Ihnen eine Geschichte erzählen, die Sie davon überzeugen wird, daß ich den Mosköström ganz gut kenne.«

Ich ließ mich nieder, wo gewünscht, und er fuhr fort.

»Meine beiden Brüder und ich besaßen einst eine Siebzig-Tonnen-Schmacke mit

Schoner-Takelung, damit pflegten wir zwischen den Inseln hinter Moskö, in der Nähe von Vurrgh, auf Fischfang zu gehen. In allen heftigen Strudelgewässern des Meeres kann man gut fischen, zu den rechten Gelegenheiten, wenn man nur den Mut hat, es zu wagen; doch unter allen Küstenfahrern der Lofoten waren wir drei die einzigen, die regelmäßig zu den Inseln hinauszufahren pflegten, das sage ich Ihnen. Die üblichen Fanggründe liegen ein ganzes Stück weiter unten im Süden. Dort kann man jederzeit ohne viel Gefahr fischen, und deshalb sind diese Plätze auch bevorzugt. Die ausgesucht guten Stellen hier drüben zwischen den Felsen liefern jedoch nicht nur die feinsten Sorten, sondern auch in weit größerer Fülle, so daß wir oft an einem einzigen Tage soviel gefangen hatten, wie die Ängstlichen im Gewerbe in einer ganzen Woche nicht zusammenkratzen konnten. Ja, in der Tat wurde dies für uns eine verzweifelte Spekulation – Lebensgefahr trat an die Stelle von Arbeit, Mut ersetzte das Kapital.

Die Schmacke hatten wir in einer kleinen Bucht liegen, von hier ungefähr fünf Meilen

**23**

die Küste weiter aufwärts; und für gewöhnlich machten wir uns bei schönem Wetter die Viertelstunde Stillwasser zunutze, um über die Hauptrinne des Mosköström zu kommen, weit oberhalb von dem Strudel, und dann irgendwo bei Otterholm oder Sandflesen Anker zu werfen, wo die Wirbel nicht so heftig sind wie anderswo. Hier sind wir dann geblieben, bis es bald wieder Zeit für Stillwasser war, da haben wir dann den Anker gelichtet und uns auf den Heimweg gemacht. Nie sind wir zu dieser Unternehmung aufgebrochen, ohne daß für die Hin- wie Rückfahrt ein beständiger Seitenwind geweht hätte – einer, bei dem wir sicher sein konnten, daß er uns bis zur Rückkehr nicht im Stich lassen würde –, und in diesem Punkte haben wir uns nur selten geirrt. Zweimal in sechs Jahren waren wir gezwungen, die ganze Nacht wegen Flaute vor Anker liegenzubleiben, was hier in der Gegend wirklich kaum vorkommt; und einmal mußten wir bald eine Woche da draußen auf unserm Fangplatz bleiben und wären fast verhungert, und zwar war kurz nach unserer Ankunft draußen Sturm aufgekommen, und der Strom war viel zu reißend, als daß an Heimfahrt zu denken gewesen wäre. Damals hätte es uns trotz allem noch aufs offene Meer hinausgetrieben (denn die Strudel wirbelten uns immerzu so wild herum, daß unser Anker schließlich unklar kam und wir vor ihm trieben), wären wir nicht in eine der zahllosen Gegenströmungen geraten – heute hier und morgen wieder fort –, welche uns in den Schutz von Flimen brachte, wo wir zu unserem Glück vor Anker gingen.

Ich könnte Ihnen auch nicht den zwanzigsten Teil der Schwierigkeiten schildern, auf die wir ›in unsern Gründen‹ gestoßen sind – es ist kein angenehmer Aufenthaltsort, auch bei gutem Wetter –, doch haben wir es immer geschafft, den Spießrutenlauf durch den Mosköström selbst ohne Zwischenfall zu überstehen; obgleich ich zuzeiten mächtiges Herzklopfen hatte, wenn es geschah, daß wir vielleicht eine Minute vor oder nach dem Stillwasser kamen. Manchmal war der Wind nicht ganz so stark, wie wir beim Ausfahren gedacht, und dann ging es langsamer voran, als uns lieb sein konnte, während die

Schmacke in der Strömung dem Ruder nicht gehorchen wollte. Mein ältester Bruder hatte einen Sohn von achtzehn Jahren, und ich selber besaß auch zwei kräftige Jungen. Die wären uns in solchen Zeiten eine große Hilfe gewesen, an den Petschen, und dann beim Fischen – doch ob wir schon selber das Risiko auf uns nahmen, haben wir es irgendwie nicht übers Herz gebracht, die Kinder der Gefahr auszusetzen – denn schließlich und endlich *war* es furchtbar gefährlich, und das ist wahr.

In ein paar Tagen werden es drei Jahre, daß sich das zutrug, was ich Ihnen nun erzählen will. Es war am zehnten Juli 18 – –, einem Tag, den die Leute in diesem Teile der Welt wohl nie vergessen werden – denn da blies der schrecklichste Orkan, den der Himmel jemals geschickt. Und doch hatte den ganzen Morgen über, ja, noch bis in den späten Nachmittag eine sanfte, stetige Brise aus Südwest geweht, dazu strahlende Sonne geschienen, so daß auch der älteste Seemann unter uns nicht hatte voraussehen können, was dann folgen sollte.

**26**

Wir drei – meine beiden Brüder und ich – waren nachmittags gegen zwei Uhr zu den Inseln hinübergefahren und hatten bald die Schmacke voll feinster Fische geladen, welche, so stellten wir alle fest, es an dem Tage dort noch weit mehr gab, als wir je zuvor erlebt hatten. Es war, *nach meiner Uhr*, gerade sieben, als wir den Anker lichteten und die Heimfahrt antraten, um den schlimmsten Teil des Ström bei Stillwasser hinter uns zu bringen, das, wie wir wußten, um acht einsetzen würde.

Bei frischem Wind von Steuerbord fuhren wir los und machten eine Weile tüchtig Fahrt, niemals hätten wir auch nur im Traum an Gefahr gedacht, denn wir sahen wirklich nicht den leisesten Grund zu Besorgnis. Da wurden wir mit einem Mal von einer Brise vom Helseggen drüben überrascht. Dies war ganz und gar ungewöhnlich – etwas, das uns noch nie vorgekommen war –, und ich wurde ein wenig unruhig, ohne daß ich gewußt hätte, warum. Wir gingen nun an den Wind, konnten aber wegen der Strudel überhaupt nicht vorwärts kommen, und schon wollte ich vorschlagen, wieder zu unserem Ankerplatz zurückzukehren, als wir bei einem Blick nach achtern sahen, wie den ganzen Horizont eine einzige, seltsam kupferrote Wolke bedeckte, die mit erschreckender Geschwindigkeit heraufzog.

Inzwischen hatte sich die Brise, die uns entgegengeblasen, wieder gelegt, und in völliger Windstille trieben wir richtungslos umher. Dieser Zustand hielt aber nicht lange genug an, daß wir Zeit gehabt hätten, darüber nachzudenken. In weniger denn einer Minute war der Sturm über uns – in weniger denn zweien hatte sich der Himmel völlig überzogen – und hierdurch wie durch den aufgewirbelten Gischt wurde es mit einem Mal so finster, daß wir einander in der Schmacke nicht mehr sehen konnten.

Einen solchen Orkan, wie er dann losbrach, beschreiben zu wollen wäre Wahnsinn. So etwas hat auch der älteste Seemann in Norwegen nie erlebt. Wir hatten die Segel zwar eilends geborgen, ehe es gänzlich über uns hereinbrach; doch schon beim ersten Windstoß gingen unsere beiden Masten über Bord, als wären sie abgesägt worden – der Großmast riß meinen jüngsten Bruder mit sich, der sich zur Sicherheit daran festgebunden hatte.

Unser Boot war das federleichteste Ding, das je auf dem Wasser schwamm. Es hatte ein komplettes Glattdeck, nur am Bug befand sich eine kleine Luke, und diese Luke pflegten wir immer zu verschalken, wenn es über den Ström gehen sollte, zur Vorsicht gegen Sturzseen. Wäre dieser Umstand nicht gewesen, so wären wir auf der Stelle gesunken – denn ein paar Augenblicke blieben wir völlig begraben. Wie mein älterer Bruder dem Verderben entging, kann ich nicht sagen, denn nie mehr fand ich Gelegenheit, dies festzustellen. Was mich betraf, so warf ich mich, sobald ich das Focksegel losgemacht hatte, flach aufs Deck, die Füße gegen den schmalen Dollbord des Bugs gestemmt, während die Hände einen Ringbolzen am Fuße des Fockmastes umklammerten. Es war bloßer Instinkt, der mich dies tun ließ – zweifellos das allerbeste, das ich tun konnte –, denn zu denken vermochte ich in meiner Verwirrung nicht.

Eine Weile waren wir, wie gesagt, vollkommen überflutet, und die ganze Zeit hielt ich den Atem an und klammerte mich an den Bolzen. Als ich es nicht mehr aushalten konnte, erhob ich mich auf die Knie, indes ich mich noch immer mit den Händen festhielt, und bekam so den Kopf frei. Im selben Augenblick schüttelte sich unser kleines Boot, wie es ein Hund tut, wenn er aus dem Wasser kommt, und befreite sich so in gewissem Maße von den Fluten. Ich versuchte nun, mich aus der Betäubung zu befreien, die sich meiner bemächtigt hatte, und meine Sinne zu sammeln, um zu sehen, was sich tun ließe, da spürte ich, wie mich jemand am Arm packte. Es war mein älterer Bruder, und mein Herz tat einen Sprung vor Freude, denn ich wähnte ihn ganz gewiß über Bord – doch im nächsten Augenblick schon hatte sich all diese Freude in Entsetzen verkehrt – denn er schob den Mund dicht an mein Ohr und schrie laut das Wort: *Mosköström!*

Was ich in jenem Augenblicke empfand, wird keiner jemals wissen. Es schüttelte mich von Kopf bis Fuß, als hätte mich ein Anfall der schrecklichsten Fieberschauer gepackt. Nur

**30**

zu gut wußte ich, was er mit diesem einen Worte meinte – wußte, was er mir begreiflich machen wollte. Bei dem Wind, der uns jetzt vor sich her jagte, trieben wir unweigerlich dem Strudel des *Malström* zu, und nichts konnte uns retten!

Schauen Sie, um die *Rinne* des Ström zu überqueren, sind wir immer einen großen Umweg bis weit oberhalb des Strudels gefahren, auch bei ruhigstem Wetter, und mußten dann warten und genau das Stillwasser abpassen – doch nun trieben wir geradewegs auf den Strudelschlund selber zu, und noch dazu bei einem solchen Orkan! ›Bestimmt‹, dachte ich ›werden wir gerade bei Stillwasser dort eintreffen – darin liegt noch ein wenig Hoffnung‹ – doch im nächsten Augenblick verwünschte ich mich und schalt mich einen Narren, überhaupt noch von Hoffnung zu träumen. Ich wußte sehr wohl, daß wir verloren waren, und wären wir zehnmal auch ein Neunzig-Kanonen-Schiff gewesen.

Um diese Zeit hatte sich die erste Wut des Sturmes gelegt, oder vielleicht empfanden wir es nur nicht mehr so sehr, da wir ja davor lenzten, jedenfalls aber türmten sich nun die Wellen, die zunächst vom Winde niedergehalten worden waren, flach und schäumend dagelegen hatten, zu wahren Bergen auf. Auch mit dem Himmel war eine seltsame Veränderung vorgegangen. Rundum in jeder Richtung war er noch immer so schwarz wie Pech, doch fast direkt über uns riß es auf, und ein kreisrundes Stück klaren Himmels drängte sich plötzlich hervor – so klar, als ich ihn je gesehen – und leuchtete in tiefem Blau – und daraus erstrahlte der volle Mond mit einem Glanze, wie ich ihn nie zuvor an ihm geschaut. Er erhellte alles um uns herum mit größter Deutlichkeit – doch, o Gott!, welches Bild bot sich da in seinem Lichte!

Nun nahm ich ein paar Anläufe, mit meinem Bruder zu sprechen – doch auf irgendeine mir unbegreifliche Weise hatte der Lärm so zugenommen, daß er kein einziges Wort verstehen konnte, wiewohl ich ihm, so laut ich's vermochte, ins Ohr schrie. Gleich darauf schüttelte er den Kopf, sein Gesicht war bleich wie der Tod, als er einen Finger hob, wie wenn er sagen wollte: ›*Horch!*‹

Zuerst vermochte ich nicht auszumachen, was er meinte – doch bald durchfuhr mich ein gräßlicher Gedanke. Ich zog meine Uhr aus der kleinen Tasche meiner Hose. Sie ging nicht mehr. Im Mondlicht blickte ich auf ihr Zifferblatt und brach dann in Tränen aus, als ich sie weit hinaus ins Meer schleuderte. *Sie war um sieben Uhr stehengeblieben! Wir hatten die Zeit des Stillwassers verpaßt, und der Strudel des Malström tobte mit voller Gewalt!*

Ist ein Boot gut gebaut, richtig getrimmt und nicht zu tief beladen, scheinen bei starkem Sturm die Wellen, wenn es raumschots segelt, immer unter ihm hervorzugleiten – was eine Landratte sehr seltsam anmutet –, und das heißt bei den Seeleuten *reiten*. Nun, bis jetzt waren wir sehr geschickt auf der Dünung geritten; bald aber erfaßte uns eine gigantische Woge direkt unter der Gillung und riß uns, als sie sich auftürmte, mit sich empor – höher – immer höher, als sollte es in den Himmel gehen. Nie hätte ich geglaubt, daß Wellen sich so steil aufrichten können. Und dann ging es wieder hinab: wir flogen, glitten, stürzten kopfüber zu Tale, daß mir Hören und Sehen verging, so als fiele ich im Traum von hohem Bergesgipfel. Doch während wir oben waren, hatte ich rasch den Blick schweifen lassen – und dieser eine Blick sagte mir genug. Im Nu hatte ich unsere genaue Lage erfaßt. Direkt vor uns, eine Viertelmeile etwa, befand sich der Strudel des Mosköström – doch war er dem gewöhnlichen Mosköström ebensowenig ähnlich, wie der Strudel, den Sie jetzt sehen, einem Mühlgerinne gleicht. Hätte ich nicht gewußt, wo wir waren und was unser harrte, hätte ich die Stelle überhaupt nicht erkannt. Angesichts der Lage schloß ich vor Grauen unwillkürlich die Augen. Wie im Krampfe preßten sich die Lider zusammen.

Es waren höchstens zwei Minuten vergangen, da merkten wir plötzlich, wie die Wellen nachließen und Schaum uns umgab. Das Boot vollführte jählings eine halbe Drehung nach Backbord und schoß dann wie ein Blitz in der neuen Richtung fort. Im selben Augenblick ging das Brüllen des Wassers gänzlich in einer Art gellenden Geschrills unter – das klang

**34**

etwa, vielleicht können Sie sich's so vorstellen, wie wenn viele tausend Dampfschiffe allesamt gleichzeitig den Dampf aus ihren Ventilen entweichen lassen. Wir befanden uns nun in dem Brandungsgürtel, welcher immer den Strudel umgibt; und ich dachte natürlich, im nächsten Augenblick würden wir in die Tiefe stürzen – in die wir auf Grund der fürchterlichen Geschwindigkeit, mit der wir dahingerissen wurden, nur undeutlich hinabzusehen vermochten. Das Boot, so wollte es scheinen, tauchte überhaupt nicht mehr ins Wasser ein, sondern flog wie eine Luftblase auf der Oberfläche der wogenden See dahin. Sein Steuerbord war dem Strudel zugekehrt, und Backbord türmte sich das Wassergebirge, das wir hinter uns gelassen. Es stand da wie eine riesige wogende Wand zwischen uns und dem Horizont.

Es mag sonderbar anmuten, doch nun, da wir uns genau im Rachen des Schlundes befanden, war ich gefaßter als zuvor, da wir nur auf ihn zutrieben. Nachdem ich mich damit abgefunden hatte, daß keine Hoffnung mehr bestehe, wurde ich einen Großteil jenes

Schreckens los, der mich anfangs hatte verzagen lassen. Es war wohl Verzweiflung, die mir die Nerven stärkte.

Es mag nach Prahlerei aussehen – doch was ich Ihnen erzähle, ist die Wahrheit – ich fing an, mir Gedanken zu machen, welch großartige Sache es doch sei, auf solche Weise den Tod zu erleiden, und wie töricht von mir, angesichts einer so wunderbaren Offenbarung von Gottes Macht an etwas so Armseliges wie mein eigenes Leben zu denken. Ich glaube gar, ich wurde rot vor Scham, als dieser Gedanke mir durch den Sinn fuhr. Nach einer kleinen Weile ergriff die lebhafteste Neugier von mir Besitz, den Strudel selbst kennenzulernen. Ich verspürte geradezu den *Wunsch*, seine Tiefen zu ergründen, auch um den Preis des Opfers, das zu bringen ich im Begriffe stand; und am meisten Kummer bereitete mir, daß es mir nie vergönnt wäre, meinen alten Gefährten an der Küste von den Geheimnissen zu erzählen, welche ich schauen würde. Das waren ganz zweifellos seltsame Vorstellungen im Geiste eines Menschen, der sich in solch äußerster Not befindet – und seither habe ich oft gedacht, daß die Umdrehungen des Bootes um den Strudelschlund mir vielleicht ein wenig den Kopf verwirrt hatten.

Und noch ein Umstand mochte wohl dazu beigetragen haben, meine Geistesgegenwart wiederherzustellen: der Wind hatte aufgehört, er konnte uns in unserer jetzigen Lage nicht erreichen – denn wie Sie selber gesehen haben, liegt der Brandungsgürtel beträchtlich niedriger als die allgemeine Fläche des Meeres, und dies letztere nun türmte sich über uns auf, ein hoher, schwarzer Gebirgsgrat. Wenn Sie noch nie einen schweren Sturm auf See erlebt haben, so können Sie sich gar keinen Begriff davon machen, wie Wind zusammen mit Gischt den Geist doch verwirrt. Blind werden Sie und taub, es benimmt Ihnen die Luft, und Sie sind außerstande, etwas zu tun oder zu denken. Doch dieser Plagen waren wir nun weitestgehend ledig – ganz wie man zum Tode verurteilten Verbrechern im Gefängnis geringfügige Vergünstigungen gewährt, die ihnen, solange das Urteil noch ungewiß, versagt sind.

Wie oft wir den Brandungsgürtel umkreist, läßt sich unmöglich sagen. Wohl eine Stunde lang rasten wir immerzu rundherum im Kreise, schwebten mehr denn daß wir schwammen, und gerieten allmählich mehr und mehr in die Mitte der Sturzsee, näher und näher dann an ihren entsetzlichen Innenrand. Die ganze Zeit hatte ich den Ringbolzen nicht losgelassen. Mein Bruder befand sich im Heck und hielt sich an einem großen leeren Wasserfasse fest, das unter dem Fischkorb der Gillung festgezurrt war, das einzige Ding an Deck, das nicht über Bord gegangen, als zum ersten Mal der Sturm uns angegriffen hatte. Da wir uns nun dem Rande des Höllenloches näherten, ließ er das Faß los und wollte nach dem Ringe greifen, von welchem er in seiner Todesangst meine Hände gar zu verdrängen suchte, war der Bolzen doch nicht groß genug, uns beiden sicheren Griff zu bieten. Niemals empfand ich tieferen Schmerz als in dem Augenblick, da ich ihn dies versuchen sah – obwohl mir klar war, der es tat, war nicht bei Sinnen – ein Wahnsinniger, den pure Angst um den Verstand gebracht. Doch lag mir nichts daran, mit ihm in diesem Punkte zu streiten. Ich dachte mir, es sei ja sowieso egal, ob sich nun einer von uns festhielt oder nicht; so ließ ich ihm den Bolzen und ging nach achtern zu dem Fasse hin. Dies war ohne große Mühe getan; denn die Schmacke flog recht gleichmäßig im Kreis und auf ebenem Kiel – nur mit dem ungeheuren Wirbeln und Schwirbeln des Strudels schwang sie hin und her. Kaum hatte ich an meinem neuen Standort festen Halt gewonnen, da tat es einen heftigen Ruck nach Steuerbord, und kopfüber schossen wir in den Abgrund hinab. Ich murmelte noch schnell ein Gebet zu Gott und dachte, nun sei alles vorbei.

Als ich den schwindelerregenden Sturz in die Tiefe spürte, hatte ich mich instinktiv nur um so fester an das Faß geklammert und die Augen geschlossen. Sekundenlang wagte ich nicht, sie zu öffnen – indes ich augenblicks das Ende erwartete und mich wunderte, daß mein Todesringen mit dem Wasser noch nicht begonnen hatte. Doch ein Augenblick nach dem andern verstrich. Ich lebte noch. Das

Gefühl des Fallens hatte aufgehört; und die Bewegung des Schiffes schien ganz dieselbe zu sein, wie sie es zuvor im Streifen von Gischt gewesen, nur daß es jetzt mehr krängte. Ich faßte Mut und sah mich noch einmal am Orte um.

Nie werde ich vergessen, mit welchem Gefühl von Grauen, Schrecken und Bewunderung ich um mich schaute. Es sah aus, als hinge das Boot, wie durch Magie, auf halber Höhe an der Innenwand eines Trichters von enormen Umfang und ungeheurer Tiefe, dessen vollkommen glatte Seitenwände man leicht für Ebenholz hätte halten können, wäre nicht die verwirrende Geschwindigkeit gewesen, mit welcher sie im Kreise wirbelten, und der gleißende, gespenstisch-grausige Schimmer, der von ihnen ausging, als die Strahlen des Vollmonds aus jenem kreisrunden Loch in den Wolken, welches ich bereits beschrieben, in einer Flut von goldenem Glanz die schwarzen Wände dahinströmte, weit, weit hinab in die tiefsten Tiefen des Abgrunds.

Zunächst war ich zu verwirrt, um genauer Beobachtung fähig zu sein. Die plötzliche Allgegenwart schreckenerregender Größe war alles, was ich wahrnahm. Als ich mich jedoch wieder ein wenig gefaßt hatte, fiel mein Blick unwillkürlich nach unten. So wie die Schmacke an der schrägen Wandung des Wassertrichters hing, hatte ich in dieser Richtung ungehinderte Sicht. Sie schwamm noch ganz auf ebenem Kiel – das heißt, das Deck lag in einer Ebene parallel zu der des Wassers – letzteres aber neigte sich in einem Winkel von mehr denn fünfundvierzig Grad, so daß wir fast zu kentern schienen. Desungeachtet konnte ich nicht umhin festzustellen, daß ich bei dieser Stellung kaum mehr Mühe hatte, meinen festen Halt mit Händen und Füßen zu behaupten, als wenn wir uns in waagerechter Lage befunden hätten; und dies, denke ich, lag wohl an der Geschwindigkeit, mit welcher wir uns drehten.

Die Strahlen des Mondes schienen bis in den tiefsten Grund des unermeßlichen Schlundes zu dringen; aber dennoch konnte ich nichts deutlich erkennen, war da unten doch alles eingehüllt in dichtem Nebelschleier, und darüber hing, der schmalen, schwankenden Brücke gleich, die, so sagen die Muselmänner, der einzige Pfad zwischen Zeit und Ewigkeit sei, ein prachtvoller Regenbogen. Dieser Nebel oder Gischt wurde zweifellos vom Aufeinanderprall der gewaltigen Wände des Trichters verursacht, die da unten in der Tiefe alle zusammentrafen – das Geschrei aber, das aus diesem Nebel zum Himmel aufgellte, wage ich nicht zu beschreiben.

Unser erstes Gleiten vom Brandungsgürtel droben in den Abgrund selber hatte uns ein großes Stück auf der Schrägwandung hinabgetragen; doch im weiteren verlief unser Fall unvergleichlich anders. Rundherum wirbelten wir, immer rundherum – nicht in gleichförmiger Bewegung, sondern in schwindelerregenden Schwüngen und Schüben, die uns bald nur wenige hundert Fuß weit – bald um nahezu den ganzen Kreis des Strudels herumschleuderten. Bei jeder Umdrehung ging es langsam, aber sehr merklich weiter hinunter.

Als ich meinen Blick über die weite Wüste aus flüssigem Ebenholz schweifen ließ, die uns solcherart trug, gewahrte ich, daß unser Boot nicht der einzige Gegenstand in der Umarmung des Wirbels war. Über wie unter uns waren Wrackteile zu sehen, riesige Mengen Bauholz und Baumstämme, dazu viele kleinere Dinge wie etwa Stücke von Hausrat, zerbrochene Kisten, Fässer und Stabholz. Die unnatürliche Neugier, die an die Stelle meines ursprünglichen Entsetzens getreten war, habe ich schon geschildert. Sie schien gar noch zu wachsen in mir, dieweil ich meinem fürchterlichen Verhängnis immer näher kam. Ich fing nun an, mit ungewöhnlichem Interesse mir die zahllosen Gegenstände anzusehen, die in unserer Gesellschaft dahintrieben. Ich *muß* einfach wahnsinnig gewesen sein – denn ich suchte sogar *Vergnügen* darin, Spekulationen über die Geschwindigkeit anzustellen, mit der sie jeweils zum Gischtkessel drunten hinabtrieben. ›Diese Föhre‹, so ertappte ich mich einmal ›wird bestimmt als nächstes den furchtbaren Sturz tun und verschwinden‹ – und dann war ich geradezu enttäuscht, als ich sah, wie das Wrack eines holländischen Kauffahrteischiffes sie überholte und vor ihr hinabtauchte. Nachdem ich schließlich verschiedene solcher Mutmaßungen angestellt und mich jedesmal darin geirrt hatte, brachte mich diese Tatsache – die Tatsache meiner beständigen Fehlkalkulation – auf einen Gedankengang, der mich wieder an allen Gliedern zittern und mein Herz ungestüm schlagen ließ.

Es war nicht etwa neuerliche Angst, die mich so gepackt, sondern das Aufdämmern einer viel aufregenderen *Hoffnung*. Diese Hoffnung stieg zum Teil aus der Erinnerung auf, zum Teil aus gegenwärtiger Beobachtung. Ich rief mir die große Vielfalt des Treibguts ins Gedächtnis, wie es, vom Mosköström einst verschlungen, dann wieder ausgespien, die Lofoten-Küste bedeckte. Bei weitem die meisten Gegenstände waren in der ungewöhnlichsten Weise zertrümmert – so zerscheuert und zerschabt, daß es aussah, als stecken sie voller Splitter – dann aber erinnerte ich mich deutlich, daß *einige* von ihnen überhaupt nicht verunstaltet waren. Nun konnte ich mir diesen Unterschied nicht anders erklären als mit der Annahme, daß die aufgerissenen Trümmer die einzigen seien, welche *gänzlich hinabgesogen* worden waren – die anderen aber so spät nach Eintritt der Gezeiten erst in den Strudel geraten oder aus irgendeiner Ursache so langsam hinabgesunken seien, nachdem sie hineingeraten, daß sie nicht mehr den Grund erreichten, ehe die Flut – oder die Ebbe, je nachdem – wieder wechselte. In beiden Fällen hielt ich es für möglich, daß sie dadurch wieder an die Oberfläche des Meeres emporgewirbelt werden könnten, ohne das Schicksal jener Gegenstände zu erleiden, die früher in den Sog gezogen oder schneller verschlungen worden waren. Außerdem machte ich drei wichtige Beobachtungen. Die erste war, daß in der Regel die Körper desto schneller sanken, je größer sie waren; zweitens, daß bei zwei gleich großen Massen, von denen die eine sphärische und die andere eine *beliebig andere Gestalt* hatte, die sphärische die höhere Sinkgeschwindigkeit aufwies; und drittens, daß von zwei Massen gleicher Größe, eine davon zylindrisch, die andere von beliebiger Gestalt, der Zylinder langsamer hinabgezogen wurde.

Seit meiner Rettung habe ich verschiedentlich mich über dieses Thema mit einem alten Schulmeister aus der Gegend hier besprochen; und von ihm habe ich auch gelernt, die Wörter ›Zylinder‹ und ›sphärisch‹ zu gebrauchen. Er hat mir erklärt – die Erklärung habe ich allerdings vergessen –, wie das, was ich da beobachtet, sich tatsächlich als ganz natürliche Folge aus den Formen der treibenden Trümmer ergab – und mir gezeigt, wie es kommt, daß ein in einem Wirbel treibender Zylinder dem Sog einen größeren Widerstand entgegensetzt und schwerer hineingezogen wird als ein gleich großer Körper von beliebig anderer Gestalt.[1]

Ein verblüffender Umstand hat mich besonders nachdrücklich auf diese Beobachtungen gelenkt und das Verlangen in mir geweckt, sie mir zunutze zu machen, nämlich der, daß wir bei jeder Umdrehung an irgendwelchen Gegenständen vorüberkamen, einem Faß, einer zerbrochenen Segelstange oder einem Schiffsmast, indes viele dieser

1  Siehe Archimedes, ›De incidentibus in fluido‹, Lib. 2.

**46**

Dinge, welche mit uns auf gleicher Höhe gewesen waren, da ich zum ersten Mal meine Augen über den Wundern des Strudels geöffnet hatte, jetzt hoch über uns schwebten und sich nur wenig von ihrer Ausgangslage entfernt zu haben schienen.

Nun wußte ich, was ich zu tun hatte. Ich beschloß, mich an dem Wasserfaß festzubinden, an dem ich mich jetzt anhielt, es von der Gillung loszumachen und mich damit ins Wasser zu stürzen. Durch allerlei Zeichen zog ich die Aufmerksamkeit meines Bruders auf mich, wies auf die treibenden Fässer, die in unsere Nähe kamen, und tat alles, was in meiner Macht stand, ihm begreiflich zu machen, was ich vorhatte. Endlich glaubte ich, er habe meine Absicht verstanden – doch, ob dies nun der Fall war oder nicht, er schüttelte verzweifelt den Kopf und weigerte sich, von dem Ringbolzen zu lassen. Es war unmöglich, ihn zu zwingen; die Not duldete kein Zögern mehr; und so schwer es mir fiel, überließ ich ihn also seinem Schicksal, band mich vermittels der Taue, welche es an der Gilling hielten, an dem Fasse fest und stürzte mich damit, ohne auch nur einen Augenblick länger zu zaudern, in die See.

Es kam genauso, wie ich es gehofft hatte. Da ich selber es bin, der Ihnen das alles erzählt – da Sie sehen, daß ich *tatsächlich* daraus entkommen bin – und da Sie auch bereits wissen, auf welche Weise die Rettung ins Werk gesetzt wurde, und Sie sich also alles, was noch zu sagen bleibt, im weiteren denken können –, will ich meine Geschichte rasch zu Ende bringen. Es mochte vielleicht eine Stunde vergangen sein, nachdem ich die Schmacke verlassen hatte, da wirbelte diese, inzwischen tief unter mir, drei- oder viermal rasch hintereinander wild im Kreise herum und stürzte, mit meinem geliebten Bruder, kopfüber urplötzlich und für immer hinab in das Chaos aus Gischt. Das Faß, an dem ich festgebunden war, sank nur sehr wenig weiter denn bis auf die halbe Strecke zwischen dem Grunde des Strudels und der Stelle, an der ich über Bord gesprungen war, als mit dem Wirbel eine große Veränderung vor sich ging. Die Neigung der Wände des riesigen Trichters nahm mit jedem Augenblick mehr und mehr

ab. Allmählich wurden die heftigen Kreisel-
bewegungen des Strudels schwächer und immer schwächer. Nach und nach schwanden
Schaum und Regenbogen, und der Grund des
Kraters schien sich langsam zu heben. Der
Himmel war klar, der Sturm hatte sich gelegt,
und leuchtend ging im Westen der Vollmond
unter, als ich mich auf der Oberfläche des
Meeres fand, gerade vor den Ufern der Lofoten, über die Stelle, wo der Strudelschlund
des Mosköström *gewesen war*. Es war die Zeit
des Stillwassers – doch noch immer ging die
See in berghohen Wellen als Folge des Or-
kans. Heftig ward ich in die Rinne des Mosköström gerissen, und in wenigen Minuten
trieb ich die Küste hinunter zu den ›Fang-
gründen‹ der Fischer. Ein Boot nahm mich
auf – ich war total erschöpft – und (nun, da die
Gefahr vorüber war) sprachlos in Erinnerung
an das Entsetzliche. Die mich an Bord zogen,
waren meine alten Freunde und täglichen
Gefährten – doch kannten sie mich ebensowe-
nig, wie sie einen Wanderer aus Geisterlan-
den erkannt hätten. Mein Haar, das tags zuvor
noch rabenschwarz gewesen, war so weiß, wie

Sie es jetzt sehen. Auch mein ganzer Gesichts-
ausdruck soll sich vollkommen geändert haben. Ich habe ihnen meine Geschichte erzählt. Sie glaubten sie mir nicht. Nun erzähle
ich sie *Ihnen* – und ich darf wohl kaum erwarten, daß Sie ihr mehr Glauben schenken als
die fröhlichen Lofotenfischer.«

# Die Grube und das Pendel

Impia tortorum longas hic turba furores
Sanguinis innocui, non satiata, aluit.
Sospite nunc patria, fracto nunc funeris antro,
Mors ubi dira fuit, vita salusque patent.
Vierzeiler, verfaßt für ein Markttor, das auf
dem Gelände des Jakobinerklub-Hauses in
Paris errichtet werden sollte.

Ich war krank – krank auf den Tod von dieser langen Qual; und als man mir schließlich die Fesseln abnahm und ich mich setzen durfte, spürte ich, daß mir die Sinne schwanden. Das Urteil – das gefürchtete Urteil zum Tode – war das letzte, was deutlich hervorgehoben meine Ohren erreichte. Danach schien der Klang der Inquisitorenstimmen zu einem einzigen unbestimmten Traumgemurmel zu verschmelzen. Es beschwor in meiner Seele die Vorstellung, daß sich etwas *drehe* – wohl weil sich in der Phantasie das Bild eines kreisenden Mühlrades einstellte. Dies aber nur kurze Zeit; denn bald darauf hörte ich nichts mehr. Doch konnte ich eine Weile noch sehen; mit welch schrecklich übergreller Schärfe aber!

Die Lippen der Richter in schwarzer Robe sah ich. Sie erschienen mir weiß – weißer denn das Blatt, auf das ich diese Worte schreibe – und gar bis zum Grotesken dünn; dünn in dem ingrimmigen Ausdruck ihrer Festigkeit – unerschütterlicher Entschlossenheit – grausamer Verachtung menschlicher Qual. Ich sah, wie der Spruch, der mir Schicksal war, noch immer diesen Lippen entströmte. Ich sah, wie sie sich zu tödlicher Rede verzerrten. Ich sah sie die Silben meines Namens formen; und ich schauderte, weil kein Laut darauf folgte. Auch sah ich während weniger Augenblicke wahnsinnigen Entsetzens das sachte und nahezu unmerkliche Wehen der schwarzen Draperien, welche die Wände des Raumes verhüllten. Und dann fiel mein Blick auf die sieben hohen Kerzen auf dem Tische. Zuerst erweckten sie den Eindruck von Barmherzigkeit und wirkten wie weiße schlanke Engel, die mich retten würden; doch dann kam auf einmal eine tödlich-schreckliche Übelkeit über meinen Geist, und jede Fiber meines Leibes fühlte ich erbeben, als hätte ich den Draht einer galvanischen Batterie berührt, während die Engelsgestalten wesenlose Gesichte wurden, mit Flammenhäuptern, und ich erkannte, daß von ihnen keine Hilfe käme. Und dann stahl sich, wie eine köstliche Melodie, der Gedanke mir in den Sinn, wie süß doch die Ruhe im Grabe sein müsse. Ganz sachte und heimlich nahte er sich, und es schien lange zu währen, bis ich ihn klar erfaßt; doch eben als mein Geist ihn endlich recht zu spüren und in sich aufzunehmen begann, verschwanden die Gestalten der Richter vor mir, wie durch Zauberkraft; die hohen Kerzen sanken ins Nichts; ihre Flammen erloschen; das Dunkel der Finsternis brach herein; alle Empfindungen schienen verschlungen von einem wild rasenden Sturze, wie wenn die Seele niederführe in den Hades. Dann waren Schweigen und Stille und Nacht das All.

Ich war ohnmächtig geworden; will aber dennoch nicht sagen, daß das Bewußtsein mir gänzlich geschwunden war. Was mir davon verblieben war, will ich nicht zu bestimmen versuchen noch gar zu beschreiben; doch war nicht alles geschwunden. Im tiefsten Schlummer – nein! Im Fieberwahne – nein! In einer Ohnmacht – nein! Im Tode – nein! selbst im Grabe ist *nicht alles* verloren. Sonst gäbe es ja keine Unsterblichkeit für den Menschen. Erwachen wir aus allertiefstem Schlaf, zerreißen wir das zartfeine Gewebe *irgendeines* Traumes. Doch schon eine Sekunde danach (so dünn mag das Gespinst gewesen sein) erinnern wir uns nicht einmal mehr, daß wir geträumt. Bei der Rückkehr aus der Ohnmacht ins Leben gibt es zwei Stadien; erstens das seelisch-geistige Bewußtwerden; zweitens das Bewußtwerden der physischen Existenz. Es dünkt wahrscheinlich, daß bei Erreichen des zweiten Stadiums – gesetzt den Fall, wir könnten uns der Eindrücke des ersten noch entsinnen – diese Eindrücke uns von Erinnerungen an den Abgrund dahinter Kunde gäben. Und dieser Abgrund ist – was? Wie sollen wir zumindest seine Schatten von denen der Gruft unterscheiden? Doch wenn die Eindrücke dessen, was ich das erste Stadium genannt habe, auch nicht nach Belieben wieder ins Gedächtnis gerufen werden können, kehren sie nicht dennoch nach langer Zwischenzeit ungebeten wieder, indes wir uns verwundert fragen, woher sie kommen mögen? Wer nie die Ohnmacht kennengelernt, der wird auch nie in der Kohlen Glut seltsame Paläste finden und erschreckend vertraute Gesichter; nie wird er, in den Lüften schwebend, die düsteren Visionen schauen, welche dem Blicke der Vielen verwehrt; nie wird er über den Duft einer unbekannten Blume sinnen – nie wird dessen Hirn in Verwirrung geraten ob der Bedeutung irgendeiner melodischen Kadenz, wie sie nie zuvor noch seine Aufmerksamkeit gefesselt.

Inmitten häufiger und nachdenklicher Mühen, mich zu erinnern, inmitten ernsten Ringens, Zeichen jenes Zustandes des scheinbaren Nichtseins wiederzugewinnen, in welches meine Seele versunken war, gab es Augenblikke, da mir Gelingen träumte; gab es kurze, sehr kurze Momente, da ich Erinnerungen heraufbeschwor, die sich, wie es bei klarem Verstand späterer Zeit mir gewiß, nur auf jenen Zustand scheinbarer Bewußtlosigkeit beziehen konnten. Diese Schatten der Erinnerung erzählen undeutlich von großen Gestalten, die mich aufhoben und schweigend hinabtrugen – tiefer hinab – immer tiefer – bis ein gräßlicher Schwindel mich faßte bei dem bloßen Gedanken, es gehe hinab ins Bodenlose. Sie erzählen auch von einem vagen Schauder, der mein Herz gepackt darob, daß dieses Herz so unnatürlich still. Dann kommt, jäh, ein Gefühl der Regungslosigkeit aller Dinge; wie wenn die, welche mich trugen (ein grausig-gespenstischer Zug!), in ihrem Abstieg gar die Grenzen des Grenzenlosen überschritten hätten und nun von den Mühen ihrer Arbeit ruhten. Danach weiß von Ödheit mein Gedächtnis und von Dumpfheit; und dann ist alles *Irrsinnigkeit* – der Irrsinn einer Erinnerung, die mit verbotenen Dingen sich quält.

Ganz plötzlich aber kam in meine Seele Bewegung und Schall zurück – das stürmischstoßende Pochen des Herzens und, mir im Ohr, der Klang seines Klopfens. Dann eine Pause, leer ist alles, blank und bar. Dann wieder Laut und Bewegung und Berührung – ein Prickeln geht durch meinen Leib. Dann nichts als das Bewußtsein zu existieren, ohne jeden Gedanken – ein Zustand, der lange anhielt. Dann, ganz plötzlich, *Denken*; und schauderndes Entsetzen, und bedrückendes Bemühen, mein wirkliches Befinden zu erfassen. Dann sehnliches Verlangen, in Empfindungslosigkeit zu versinken. Dann ein jähes Wiederaufleben der Seele, und die Anstrengung, mich zu bewegen, gelingt. Und nun völliges Erinnern: an den Prozeß, die Richter, die schwarzen Draperien, an das Urteil, meine Übelkeit, die Ohnmacht. Dann gänzliches Vergessen von allem, was hernach folgte; von all dem, was spätere Zeit und nachdrückliches Bemühen mir vage wieder in Erinnerung zu bringen vermochten.

Bis dahin hatte ich die Augen nicht geöffnet. Ich spürte, daß ich ungefesselt auf dem Rücken lag. Ich streckte die Hand aus, sie fiel schwer auf etwas Feuchtes, Hartes. Dort ließ ich sie viele Minuten liegen, während ich mir vorzustellen suchte, wo und *was* ich sein könne. Es verlangte mich, meine Augen zu brauchen, doch ich wagte es nicht. Mir bangte vor diesem ersten Blick auf das, was mich umgab. Nicht daß ich fürchtete, Schreckliches zu schauen, sondern mir graute davor, es könne *nichts* zu sehen sein. Endlich riß ich, wilde Verzweiflung im Herzen, die Augen auf. Da bestätigten sich denn meine schlimmsten Ahnungen. Um mich herum herrschte die Schwärze ewiger Nacht. Ich rang nach Atem. Die tiefe, dichte Finsternis schien mich zu erdrücken und zu ersticken. Die Luft war unerträglich dumpf. Noch immer lag ich ruhig da und bemühte mich, meinen Verstand zu gebrauchen. Ich rief mir das Inquisitionsverfahren ins Gedächtnis und versuchte, mir von jenem Punkte aus meine wirkliche Lage abzuleiten. Das Urteil war gefällt; und es wollte mir scheinen, daß seither sehr lange Zeit vergangen sei. Doch nicht einen Augenblick lang hielt ich mich für tatsächlich tot. Eine solche Annahme ist, trotz allem, was wir bei den Dichtern lesen – ganz unvereinbar mit dem wirklichen Sein – doch wo nun und in welcher Lage war ich? Die zum Tode Verurteilten fanden gewöhnlich bei den *autos de fé* ihr Ende, das wußte ich, und ein solches war gerade in der Nacht jenes Tages abgehalten worden, da ich vor Gericht gestanden. Hatte man mich in

**58**

mein Verlies zurückgebracht, um die nächste Opferung abzuwarten, die erst in vielen Monaten stattfinden würde? Das, so erkannte ich gleich, konnte nicht sein. Opfer hatte man unmittelbar gebraucht. Überdies hatte mein Kerker, wie alle Todeszellen in Toledo, einen steinernen Boden besessen, auch war das Taglicht nicht gänzlich ausgesperrt gewesen.

Ein grauenhafter Gedanke jagte mir nun plötzlich das Blut in Strömen zum Herzen, und für kurze Zeit sank ich erneut in Empfindungslosigkeit zurück. Als ich wieder zu mir kam, sprang ich sogleich auf die Füße, ein krampfhaftes Zittern in allen Gliedern. Wild warf ich nach allen Richtungen die Arme über und um mich. Ich fühlte nichts; doch fürchtete ich, mich auch nur einen Schritt von der Stelle zu bewegen, aus Angst, daß ich an die Wände eines *Grabes* stoßen könnte. Schweiß brach mir aus allen Poren und stand in kalten dicken Tropfen auf meiner Stirn. Die Qual der Ungewißheit ward schließlich unerträglich, und vorsichtig bewegte ich mich vorwärts. die Arme ausgestreckt, und die Augen traten mir bald aus den Höhlen in der Hoffnung, doch einen schwachen Lichtschein zu erspähen. Viele Schritte tat ich vorwärts; doch noch immer war alles Schwärze und Leere. Ich atmete auf. Offenbar schien wenigstens nicht das gräßlichste aller Geschicke meiner zu harren.

Und nun, da ich mich vorsichtig Schritt um Schritt weiter vorwärts tastete, drängten sich mir tausend dunkle Gerüchte von den Schrecken Toledos in die Erinnerung. Seltsame Dinge hatte man sich von den Verliesen erzählt – ich hatte sie stets für Fabeln gehalten – dennoch aber sonderbar und viel zu grausig, als daß man sie anders als flüsternd wiederholen könnte. Hatte man mich bisher verschont, damit ich hier in dieser unterirdischen Welt der Finsternis Hungers sterben sollte; oder welches vielleicht noch furchtbarere Schicksal erwartete mich? Daß am Ende der Tod stehen würde, ein Tod von mehr denn üblicher Grausamkeit, daran zweifelte ich nicht, kannte ich doch die Sinnesart meiner Richter nur zu gut. Die Art nur und die Stunde waren es, die mich beschäftigten und quälten.

**60**

Meine ausgestreckten Hände stießen schließlich auf ein festes Hindernis. Es war eine Wand, dem Anschein nach steinernes Mauerwerk – sehr glatt, glitschig und kalt. Ich ging daran entlang; behutsamen Schritts und mit all dem Mißtrauen, welches gewisse alte Erzählungen mir eingeflößt hatten. Dies Vorgehen gewährte mir jedoch keinerlei Aufschluß, um die Ausmaße meines Kerkers bestimmen zu können; mochte ich doch wohl im Kreise gehen und, ohne es recht eigentlich zu merken, zu dem Punkte zurückkehren, von dem ich ausgegangen; so vollkommen gleichförmig wirkte die Wand. Darum suchte ich nach dem Messer, welches in meiner Tasche gewesen war, als man mich vor das Inquisitionsgericht geführt hatte; doch es war fort; meine Kleider waren gegen einen Kittel aus grobem Serge vertauscht worden. Ich hatte die Klinge in einen winzigen Spalt des Mauerwerks treiben wollen, um so meinen Ausgangspunkt zu markieren. Dennoch war die Schwierigkeit nur gering; wiewohl sie mir in meiner verwirrten Phantasie zunächst unüberwindlich schien. Ich riß ein Stück vom

Saume des Kittels ab und legte den Fetzen in voller Länge und im rechten Winkel zur Wand. Wenn ich mich nun rings um mein Gefängnis herumtastete, müßte ich unweigerlich wieder auf diesen Stoffetzen stoßen, sobald ich die Runde vollendet hätte. So wenigstens dachte ich: doch ich hatte nicht mit der Ausdehnung des Kerkers gerechnet noch mit meiner eigenen Schwäche. Der Boden war feucht und schlüpfrig. Eine Weile war ich dahingewankt, da strauchelte ich und stürzte. Meine übergroße Erschöpfung ließ mich auf dem Boden liegenbleiben; und wie ich so lag, übermannte mich alsbald Schlaf.

Als ich erwachte und einen Arm ausstreckte, fand ich neben mir einen Laib Brot und einen Krug mit Wasser. Ich war viel zu erschöpft, um über diesen Umstand nachzudenken, sondern aß und trank nur voller Gier. Kurz darauf nahm ich meinen Rundgang in meinem Gefängnis wieder auf, und mit viel Mühe gelangte ich schließlich zu dem Fetzen Serge. Bis zu dem Zeitpunkt, da ich hingefallen, hatte ich zweiundfünfzig Schritte gezählt, und als ich meinen Weg fortsetzte, hatte ich noch achtundvierzig weitere gezählt – wonach ich bei dem Stoffetzen angelangt war. Insgesamt waren es also hundert Schritte; und wenn ich ihrer zwei auf ein Yard rechnete, so mochte das Verlies wohl fünfzig Yards im Umfang messen. Allerdings war ich in der Mauer auf viele Winkel gestoßen, und so vermochte ich mir keine rechte Vorstellung von der Form des Gewölbes zu machen; denn ein unterirdisches Gewölbe, anders konnte ich es mir nicht denken, mußte es wohl sein.

Ich verband mit diesen Nachforschungen kaum ein Ziel – gewiß keine Hoffnung; doch eine unbestimmte Neugier trieb mich dazu, darin fortzufahren. Ich ließ ab von der Mauer und beschloß, den Raum im Innern des Gemäuers zu durchqueren. zuerst setzte ich meine Schritte äußerst vorsichtig, denn der Boden, obzwar dem Anschein nach von festem Untergrund, war tückisch glitschig. Endlich jedoch faßte ich mir ein Herz und zögerte nicht mehr, fest auszuschreiten – bemüht, in möglichst gerader Linie hinüberzukommen. Auf diese Weise hatte ich wohl zehn oder zwölf Schritte zurückgelegt, als sich der

Rest des abgerissenen Kittelsaums zwischen meinen Beinen verfing. Ich trat darauf und fiel heftig aufs Gesicht.

In der Verwirrung, die mit dem Sturz einherging, bemerkte ich nicht gleich einen einigermaßen erschreckenden Umstand, welcher jedoch ein paar Sekunden später, während ich noch hingestreckt lag, meine Aufmerksamkeit gefangennahm. Und zwar war dies folgendes: mein Kinn ruhte auf dem Boden des Kerkers, meine Lippen aber und der obere Teil des Kopfes, wiewohl allem Anschein nach in geringerer Höhe als das Kinn, berührten nichts. Zugleich schien meine Stirn in feuchtem, kalten Dunst gebadet, und der eigentümliche Geruch fauligen Schwammes stieg mir in die Nase. Ich streckte den Arm aus und stellte schaudernd fest, daß ich genau am Rande einer kreisrunden Grube hingestürzt war, deren Ausdehnung ich im Augenblick natürlich nicht auszumachen vermochte. Ich tastete am Mauerwerk gleich unterhalb der Kante hin, und es gelang mir, einen kleinen Brocken herauszuklauben, den ich in den Abgrund fallen ließ. Sekundenlang lauschte ich

**64**

dem Widerhall, da er im Fallen gegen die Seitenwände des Schachtes prallte: schließlich tauchte er mit dumpfem Schlag in Wasser, gefolgt von lautem Echohall. Im selbigen Augenblick vernahm ich einen Laut, wie wenn über mir sich eine Tür hastig öffnete und ebenso rasch wieder schloß, während ein schwacher Lichtschimmer plötzlich durch das Dunkel blitzte und ebenso plötzlich wieder erlosch.

Klar erkannte ich, welches Schicksal mir bestimmt gewesen, und gratulierte mir selber ob des Mißgeschicks, welches mich zur rechten Zeit ereilt hatte, so daß ich diesem Los entronnen war. Noch ein Schritt, bevor ich stürzte, und die Welt hätte mich nie mehr gesehen. Und der Tod, dem ich soeben entgangen, war genau von jener Art, welche mir in den Geschichten über die Inquisition als freie Erfindungen gegolten hatte. Den Opfern ihrer Tyrannei blieb die Wahl zwischen einem Tode unter entsetzlichsten physischen Qualen oder einem Tode voll der gräßlichsten seelischen Torturen. Mir hatte man letzteren bestimmt. Von langem Leiden waren meine Nerven zerrüttet, so daß ich schon beim Klange meiner eigenen Stimme erzitterte und in jeglicher Hinsicht ein passendes Objekt für jene Art der Folter geworden war, die meiner harrte.

An allen Gliedern zitternd, tastete ich mich zur Mauer zurück – entschlossen, lieber dort zugrunde zu gehen, als mich den Greueln der Brunnenlöcher auszusetzen, wie sie meine Phantasie sich nun in großer Zahl allenthalben in dem Verliese vorstellte. In anderer Gemütsverfassung hätte ich vielleicht den Mut gefunden, meinem Elend sogleich durch einen Sprung in einen dieser Abgründe ein Ende zu machen; jetzt aber war ich der allergrößte Feigling. Auch konnte ich nicht vergessen, was ich über diese Gruben gelesen hatte – daß es nämlich keineswegs zu ihrer entsetzlichen Bestimmung gehörte, das Leben *jäh* zu enden.

Heftige Erregung hielt mich viele Stunden wach; doch endlich schlummerte ich wieder ein. Beim Erwachen fand ich, wie zuvor, neben mir einen Laib Brot und einen Krug Wasser. Ein brennender Durst verzehrte mich, und ich leerte das Gefäß auf einen Zug. Es mußte ein Betäubungsmittel enthalten haben – denn kaum hatte ich getrunken, so überkam mich unwiderstehliche Schläfrigkeit. Ich sank in tiefen – todesähnlichen – Schlaf. Wie lange er währte, weiß ich natürlich nicht; doch als ich dann wieder die Augen aufschlug, waren die Dinge um mich her zu erkennen. Durch einen schauerlich schwefelgelben Schimmer, dessen Ursprung ich zunächst nicht entdecken konnte, vermochte ich Ausmaß und Umriß des Gefängnisses wahrzunehmen.

In seiner Größe hatte ich mich gewaltig getäuscht. Der gesamte Umfang seiner Mauern betrug nicht über fünfundzwanzig Yards. Mehrere Minuten lang bereitete mir diese Tatsache eine Menge eitler Sorgen; ja, eitel fürwahr – denn was konnte unter den schrecklichen Umständen, in denen ich mich befand, geringere Bedeutung haben denn die bloßen Maße meines Kerkers? Doch meine Seele zeigte ein ganz unbändiges Interesse an Kleinigkeiten, und ich plagte mich redlich, den Irrtum aufzuklären, welchen ich bei meiner Vermessung begangen. Blitzartig ging mir endlich die Wahrheit auf. Bei meinem ersten Erkundungsversuch hatte ich bis zu dem Zeitpunkt, da ich hinfiel, zweiundfünfzig Schritte gezählt: da mußte ich bis auf einen oder zwei Schritte an dem Sergestreifen gewesen sein; tatsächlich hatte ich meinen Rundgang um das Gewölbe schon fast vollendet. Dann hatte ich geschlafen – und beim Erwachen muß ich wohl denselben Weg wieder zurückgegangen sein – wodurch ich den Umfang beinahe für doppelt so groß gehalten, als er in Wirklichkeit war. Meine geistige Verwirrung ließ mich nicht bemerken, daß ich, die Mauer zur Linken, meinen Rundgang begonnen hatte, und diese am Ende dann zu meiner Rechten lag.

Auch hinsichtlich der Form des Gemäuers hatte ich mich getäuscht. Als ich meinen Weg ertastete, hatte ich viele Winkel gefunden und daraus die Vorstellung großer Unregelmäßigkeit abgeleitet; so mächtig wirkt totale Finsternis auf einen, der aus Betäubung oder Schlaf erwacht! Die Winkel waren nichts weiter, als daß sich in unregelmäßigen Abständen

**68**

ein paar geringfügige Vertiefungen oder Nischen fanden. Im allgemeinen war der Kerker quadratisch. Was ich für Mauerwerk gehalten, schien mir nun Eisen zu sein oder irgendein anderes Metall, gewaltige Platten, deren Naht- oder Verbindungsstellen jene Vertiefungen bildeten. Die gesamte Oberfläche dieser metallenen Umwandung war aufs primitivste beschmiert mit all den gräßlichen und abstoßenden Ausgeburten, wie sie den abergläubischen Grabesvorstellungen der Mönche entspringen. Teufelsgestalten in drohender Gebärde, daneben Gerippe und andere, tatsächlich viel ärgere Schreckensbilder bedeckten und verunstalteten die Wände. Ich bemerkte, daß die Umrisse dieser Ungeheuer hinreichend deutlich waren, die Farben aber verblaßt und verschwommen wirkten, als habe feuchte Luft das Ihre getan. Nun nahm ich auch den Boden wahr, der aus Stein bestand. In der Mitte gähnte die kreisrunde Grube, deren Schlund ich entronnen war; doch war es die einzige im Verlies.

All dies sah ich nur undeutlich und mit großer Mühe – denn während des Schlafs hatte sich meine Situation sehr verändert. Ich lag jetzt auf dem Rücken, lang ausgestreckt, auf einer Art niedrigem Holzgestell. Mit einem Riemen, der einem Sattelgurt ähnelte, war ich darauf festgebunden. Er schlang sich in vielen Windungen mir um Glieder und Leib, nur den Kopf und meinen linken Arm ließ er so weit frei, daß ich unter großer Anstrengung Nahrung aus einer irdenen Schüssel zu mir nehmen konnte, die neben mir auf dem Boden stand. Zu meinem Entsetzen sah ich, daß man den Krug fortgenommen hatte. Zu meinem Entsetzen, sage ich – denn unerträglicher Durst quälte mich. Diesen Durst anzuregen schien offenbar die Absicht meiner Peiniger zu sein – denn das Essen in dem Napfe bestand aus scharf gewürztem Fleisch.

Ich hob den Blick und musterte nun die Decke des Gefängnisses. Sie war etwa dreißig oder vierzig Fuß hoch über mir und ganz so beschaffen wie die Seitenwände. Auf einer ihrer Platten fesselte eine sehr seltsame Figur meine ganze Aufmerksamkeit. Es war die gemalte Gestalt der Zeit, wie sie gewöhnlich

**70**

dargestellt wird, nur daß sie an Stelle der Sense etwas hielt, das auf den ersten flüchtigen Blick mir die Abbildung eines gewaltigen Pendels dünkte, wie man es an alten Uhren findet. Doch hatte dieses Gerät etwas an sich, das mich veranlaßte, es genauer zu betrachten. Während ich geradezu hinaufstarrte (denn es befand sich genau über mir), kam es mir vor, ich sähe es in Bewegung. Einen Augenblick später bestätigte sich diese Einbildung. Kurz, und natürlich langsam, schwang es hin und her. Ein paar Minuten beobachtete ich es, ein wenig ängstlich, doch mehr noch erstaunt. Schließlich aber ward ich es müde, dem einförmigen Pendeln zuzusehen, und ich wandte den Blick den anderen Gegenständen in der Zelle zu.

Ein schwaches Geräusch ließ mich aufmerken, und als ich auf den Boden schaute, sah ich mehrere riesengroße Ratten darüber hinhuschen. Sie waren aus dem Brunnenloch gekommen, welches rechter Hand gerade in meinem Blickfeld lag. Selbst jetzt, da ich hinschaute, drängten sie, vom Geruch des Fleisches angelockt, in Scharen herauf, eilig, mit gierigen Blicken. Es bedurfte vieler Mühe und Aufmerksamkeit, sie davon zu verscheuchen.

Eine halbe Stunde, vielleicht gar eine ganze Stunde mochte vergangen sein (war doch mein Zeitempfinden nur noch unvollkommen), bis ich wieder den Blick nach oben richtete. Was ich nun sah, verwirrte und bestürzte mich.

Das Pendel schwang um nahezu ein Yard weiter aus. Infolgedessen hatte nun natürlich auch seine Geschwindigkeit beträchtlich zugenommen. Doch was mich am meisten beunruhigte, war das unbestimmte Gefühl, es habe sich merklich *gesenkt*. Ich sah nun – mit welchem Entsetzen, bedarf wohl keiner besonderen Erwähnung –, daß sein unteres Ende die Form einer glitzernden stählernen Mondsichel hatte, die von Horn zu Horn wohl ein Fuß in der Länge maß; die Hörner zeigten nach oben, und der untere Bogenrand war offenbar so scharf wie die Schneide eines Rasiermessers. Wie ein Rasiermesser auch schien es massiv und schwer zu sein, lief die Schneide doch, nach oben zu sich verbreiternd, in einer

festen starken Oberkante aus. Es hing an einer schweren Bronzestange, und das Ganze
*zischte*, als es durch die Luft schwang. Ich
konnte nicht länger mehr zweifeln, welches
Los mir das Foltergenie der Mönche bestimmt hatte. Daß ich um die Grube wußte,
hatten die Schergen der Inquisition inzwischen gemerkt – *jene Grube*, deren Greuel
man einem so unbotmäßigen Ketzer wie mir
bestimmt hatte – *jene Grube*, Sinnbild der
Hölle, die dem Gerücht nach als die schlimm-
ste all ihrer Strafen galt. Dem Sturz in diese
Grube war ich nur durch bloßen Zufall entgangen, und ich wußte, daß Überraschung
beziehungsweise listige Lockung in die Fol-
terfalle ein wichtiges Moment all dieser greu-
lich-grotesken Kerkertode bildete. Da ich
also nicht hinabgestürzt war, gehörte es nun
mitnichten zu dem teuflischen Plane, mich in
den Abgrund hineinzustoßen; und so (eine
Alternative gab es nicht) erwartete mich denn
ein anderer und milderer Tod. Milder! Fast
mußte ich lächeln in all meiner Qual, wenn ich
solchen Ausdruck in solchem Gebrauche bedachte.

Was nützt es, von den langen, langen Stunden eines grausigeren denn Todesgrauens zu sagen, in denen ich die immer schneller schwirrenden Schwingungen des Stahls zählte! Zoll um Zoll – Strich um Strich – nur merklich in Abständen, die wie Ewigkeiten anmuteten – senkte er sich tiefer und immer tiefer! Tage vergingen – viele Tage mochten gar vergangen sein –, ehe er so dicht über mir schwang, daß er mich mit seinem beißenden Atem umfächelte. Der Geruch des scharfen Stahls drang mir in die Nase. Ich betete – ich quälte den Himmel mit meinem Gebet, das Pendel möge doch schneller herabsinken. Wilder Wahnsinn packte mich, und mit aller Kraft versuchte ich, mich aufzubäumen, dem Streich des gräßlichen Krummsäbels entgegen. Und dann ward ich plötzlich ruhig, lag da und lächelte dem glitzernden Tode zu wie ein Kind einem seltenen Spielzeug.

Ein weiteres Mal verfiel ich in tiefe Bewußtlosigkeit; sie währte nur kurz; denn als ich wieder ins Leben zurückglitt, hatte sich das Pendel nicht merklich weiter gesenkt. Doch mochte sie ebensogut auch lange gedauert haben – denn ich wußte ja, da waren Teufel, die meine Ohnmacht bemerkt und die Schwingung ganz nach Belieben angehalten haben konnten. Auch fühlte ich mich, da ich wieder zu mir gekommen, sehr – oh, unsäglich – schwach und elend, wie durch lange Entkräftung ausgezehrt. Selbst unter den Qualen jenes Augenblicks verlangte die menschliche Natur nach Nahrung. Mühsam und unter Schmerzen streckte ich meinen linken Arm so weit aus, wie es die Fesseln zuließen, nahm mir den kleinen Rest, den mir die Ratten übriggelassen. Als ich mir einen Bissen davon zwischen die Lippen schob, fuhr mir, noch unausgegoren, ein halbfertiger Gedanke der Freude – der Hoffnung durch den Sinn. Doch wie kam *ich* dazu, an Hoffnung zu denken? Es war, wie gesagt, ein halbfertiger Gedanke – der Mensch hat deren viele, ohne daß sie je vollendet würden. Ich spürte, er verhieß Freude – Hoffnung; doch spürte ich auch, daß er vergangen war, noch ehe er Gestalt gewonnen. Vergebens bemühte ich mich, ihn zu vollenden – ihn wiederzufinden. Das lange Leiden hatte alle Geisteskräfte, über die ich gewöhnlich gebot, nahezu zerstört. Schwachsinnig war ich – ein Idiot.

Das Pendel schwang im rechten Winkel zu meiner Körperlänge. Ich sah, die Sichel, so war es bestimmt, sollte mich in der Herzgegend treffen. Sie würde den Serge meines Kittels zertrennen – sie würde zurückschwingen und ihr Werk wiederholen – wieder – immer wieder. Trotz ihres ungeheuer weit ausgreifenden Schwunges (etwa dreißig Fuß oder mehr) und der zischenden Wucht, mit der sie herabkam und die ausgereicht hätte, selbst diese Eisenwände zu zerschneiden, wäre doch das Aufschlitzen meines Kittels alles, was sie mehrere Minuten lang vollbringen würde. Und bei diesem Gedanken hielt ich inne. Ich wagte nicht, darüber hinauszudenken. So hartnäckig, so ganz und gar verbohrte ich mich darein – als könnte ich vermittels solchen Beharrens den Stahl *hier* aufhalten, daß er nicht tiefer sinke. Ich zwang mich, mir vorzustellen, wie es wohl klingen mochte, wenn die Sichel über mein Gewand dahinfuhr – welch eigentümliches Erschauern die Reibung von Stoff in den Nerven auslöste. Auf

all diese Nichtigkeiten war mein Sinnen gerichtet, bis ich aufs äußerste nervös geworden. – Herab kam es gekrochen – unablässig
herab. Ich fand wahnsinniges Vergnügen
daran, die Geschwindigkeit der Abwärtsbe-
wegung mit der seitwärtigen zu vergleichen.
Nach rechts – nach links – hin und her – mit
dem schrillenden Schrei einer verdammten
Seele! hin zu meinem Herzen mit dem heimlichen Schleichen des Tigers. Ich lachte und
heulte abwechselnd, je nachdem die eine
oder die andere Vorstellung die Oberhand
gewann.

Herab – stetig, unbarmherzig herab! Schon
schwang es drei Zoll nur über meiner Brust!
Ich mühte mich aufs heftigste – ja verzweifelt –, meinen linken Arm zu befreien. Dieser
war frei nur vom Ellbogen bis zur Hand.
Letztere konnte ich von der Schüssel neben
mir bis zum Munde führen, mit vieler Mühe,
doch weiter nicht. Hätte ich es vermocht, die
Fesseln über dem Ellbogen zu sprengen, so
hätte ich das Pendel gepackt und anzuhalten
versucht. Doch ebensogut hätte ich wohl versuchen können, eine Lawine aufzuhalten!

Herab – unaufhörlich noch – unentrinnbar noch herab! Bei jeder Schwingung rang ich nach Luft und bäumte mich auf. Bei jedem Schwunge zuckte ich krampfhaft zusammen. Meine Augen folgten den schwirrenden Ausholbewegungen mit der Gier sinnlosester Verzweiflung; sie schlossen sich im Krampfe, sowie es herabkam, obgleich der Tod eine – oh, wie unsägliche! – Erlösung gewesen wäre. Dennoch bebte jeder Nerv in mir bei dem Gedanken, wie schon durch ein leichtes Sinken der Vorrichtung diese scharfe, glänzende Axt auf meine Brust herabsausen würde. *Hoffnung* war es, welche die Nerven erzittern – den Leib erschaudern ließ. *Hoffnung* war es – jene Hoffnung, die noch über die Folter triumphiert – die selbst den zum Tode Verurteilten noch in den Kerkern der Inquisition zuflüstert.

Ich sah, daß wohl zehn oder zwölf Schwingungen den Stahl nun tatsächlich mit meinem Kittel in Berührung bringen würden – und mit dieser Beobachtung kam plötzlich die ganze gespannte, gefaßte Ruhe der Verzweiflung über meinen Geist. Zum ersten Male seit

**78**

vielen Stunden – vielleicht seit Tagen – *dachte* ich. Da fiel mir jetzt denn auf, daß das Band oder der Gurt, womit ich gefesselt, aus *einem Stück* bestand. Ich war mit keinem anderen Strick gebunden. Der erste Streich der rasiermesserscharfen Sichel quer über irgendeinen Teil der Fessel würde diese so durchtrennen, daß ich sie mit meiner linken Hand von meinem Leibe losbinden könnte. Doch wie furchtbar wäre in solchem Falle die Nähe des Stahls! Wie tödlich würde schon die geringste Zuckung wirken! War es überdies wahrscheinlich, daß die Büttel meiner Peiniger diese Möglichkeit nicht vorausgesehen und dagegen Vorsorge getroffen haben sollten? War es anzunehmen, daß die Fessel meine Brust auch in der Bahn des Pendels umschlang? Voller Angst, meine schwache und, wie es schien, letzte Hoffnung vereitelt zu finden, hob ich so weit den Kopf, daß ich meine Brust deutlich zu übersehen vermochte. Der Gurt schlang sich allenthalben mir dicht um Glieder und Leib, überall – *nur dort nicht, wo die todbringende Sichel ihren Weg nahm.*

Kaum hatte ich den Kopf in die ursprüngliche Lage zurücksinken lassen, da fuhr mir
plötzlich etwas durch den Sinn, das ich nicht
besser zu beschreiben vermag denn die noch
nicht Gestalt gewordene Hälfte jener retten-
den Idee, von der ich weiter oben gesprochen
und die mir nur halb und verschwommen vor-
geschwebt hatte, als ich an meine brennenden
Lippen die Nahrung hielt. Nun war mir der
ganze Gedanke gegenwärtig – schwach zwar,
kaum vernünftig klar, kaum definitiv – dennoch aber in Gänze. Sogleich ging ich mit der
energischen Kraft der Verzweiflung an den
Versuch, ihn auszuführen.

Seit vielen Stunden wimmelte die unmit-
telbare Umgebung des niedrigen Gestells, auf
dem ich lag, buchstäblich von Ratten. Wild
waren sie, dreist, heißhungrig – ihre roten
Augen funkelten mich an, als lauerten sie nur
darauf, daß ich mich nicht mehr rege, um über
mich, ihre Beute, herzufallen. ›An welche
Nahrung‹, dachte ich, ›mögen sie wohl in dem
Brunnenloche gewöhnt sein?‹

Trotz aller meiner Anstrengungen, sie
daran zu hindern, hatten sie den ganzen In-

**80**

halt des Napfes bis auf einen kleinen Rest verschlungen. Ich war darauf verfallen, beständig die Hand über der Schüssel hin und her zu schwenken; doch schließlich hatte die unbewußte Einförmigkeit der Bewegung dieser die Wirkung genommen. In seiner Gefräßigkeit schlug das Rattengezücht mir des öfteren seine scharfen Zähne in meine Finger. Mit den Überresten der ölichten, scharf gewürzten Fleischspeise rieb ich nun gründlich das mich fesselnde Band überall ein, wo immer ich es nur erreichen konnte; dann hob ich die Hand vom Boden und lag atemlos, still da.

Zunächst waren die gierigen Tiere verstört und erschrocken über die Veränderung – daß sich nun nichts mehr regte. Aufgeregt wichen sie zurück; viele suchten das Brunnenloch auf. Doch das währte nur einen Augenblick. Ich hatte nicht umsonst mit ihrer Gefräßigkeit gerechnet. Als sie merkten, daß ich reglos blieb, sprangen ein oder zwei der dreistesten auf das Gestell und schnupperten an dem Gurt. Dies schien das Signal zum allgemeinen Angriff. In hellen Scharen stürzten sie vom

Wasserloch herbei. Sie klammerten sich ans Holz – sie rannten darüber hin und sprangen zu Hunderten auf mich. Die gemessene Bewegung des Pendels störte sie nicht im geringsten. Sie wichen seinen Schlägen aus und fielen gierig über die eingeschmierten Fesseln her. Sie drangen auf mich ein – sie wimmelten über mich hin in immer größeren Haufen. Sie wanden sich auf meiner Kehle; ihre kalten Lippen suchten die meinen; ich war halb erstickt unter ihrem geballten Druck; ein Ekel, für den die Welt keinen Namen kennt, wollte schier überquellen in mir, und mein Herz erstarrte gleichsam unter seiner feucht-klebrigen Schwere. Nur eine Minute noch, und, ich spürte es, der Kampf wäre vorbei. Recht deutlich merkte ich schon, wie die Fesseln sich lockerten. Ich wußte, daß sie an mehr denn einer Stelle bereits zernagt sein mußten. Mit übermenschlicher Entschlossenheit hielt ich *still*.

Und meine Rechnung ging auf – ich hatte nicht umsonst ausgeharrt. Endlich spürte ich, daß ich *frei* war. Der Gurt hing mir in Fetzen vom Leibe. Doch schon drängte mir der

Schlag des Pendels zur Brust. Es hatte den Serge des Kittels zertrennt. Es hatte das Leinenzeug darunter durchschnitten. Zweimal noch schwang es, und ein scharfer Schmerz fuhr mir durch jeden Nerv. Doch der Augenblick des Entrinnens war gekommen. Auf ein Schwenken meiner Hand hin stürzten meine Befreier ungestüm davon. In stetiger Bewegung – vorsichtig, schaudernd und sacht – glitt ich seitwärts aus der Umschlingung der Fessel und aus der Reichweite des Krummsäbels. Für den Augenblick zumindest *war ich frei*.

Frei! – und in den Klauen der Inquisition! Kaum war ich von meinem hölzernen Schreckensbett auf den Steinboden des Gefängnisses getreten, als die Bewegung der Höllenmaschine aufhörte und ich sah, wie sie von unsichtbarer Kraft durch die Decke emporgezogen ward. Dies war eine Lehre, welche ich mir verzweifelt zu Herzen nahm. Unzweifelhaft war jede meiner Bewegungen überwacht. Frei! – Ich war nur dem Tode in einer Marterform entronnen, um einer anderen, schlimmer denn Tod, ausgeliefert zu werden. Bei diesem Gedanken ließ ich meine

Augen angstvoll über die eisernen Schranken schweifen, die mich umschlossen. Etwas Ungewöhnliches – eine Veränderung, welche ich anfangs noch gar nicht richtig zu erfassen vermochte – hatte sich offenbar in dem Raume begeben. Viele Minuten träumerischen, schauderbangen Sinnens erging ich mich vergeblich in zusammenhanglosen Mutmaßungen. Während dieser Zeit gewahrte ich zum ersten Mal den Ursprung des schwefelgelben Lichts, welches die Zelle erhellte. Es drang aus einem wohl einen halben Zoll breiten Spalt, der rund um das ganze Gefängnis am Fuß der Wände verlief, wodurch diese völlig vom Boden getrennt schienen und auch waren. Ich versuchte, durch die Öffnung zu spähen, aber natürlich vergebens.

Als ich mich von dem Versuche erhob, war mir schlagartig das Geheimnis der Veränderung in der Kammer klar. Ich sagte schon, daß zwar die Umrisse der Figuren an den Wänden recht deutlich waren, die Farben aber verschwommen und unbestimmt wirkten. Diese Farben leuchteten nun, und von Augenblick zu Augenblick wuchs der erschreckend helle

Glanz, welcher den gespenstischen und teuflischen Bildern ein Aussehen verlieh, das
selbst stärkere Nerven denn die meinen
schaudern gemacht hätte. Dämonenaugen
von wilder und gräßlicher Lebendigkeit starrten mich aus tausend Ecken an, wo vorher
keine zu sehen gewesen waren, und schim-
merten in so fahlem Scheine eines Feuers,
welches für unwirklich zu halten ich meine
Phantasie nicht zu zwingen vermochte.

*Unwirklich!* – Sogar beim Atmen stieg mir
ja schon der Brodem erhitzten Eisens in die
Nase! Erstickender Geruch durchdrang den
Kerker! Und mit jedem Augenblick glühten
die Augen, die auf meine Qualen starrten, in
hellerer Glut! Ein kräftigerer Ton von Karme-
sin ergoß sich über die gemalten blutigen
Greuel. Ich keuchte! Ich rang nach Luft! Kein
Zweifel konnte mehr sein an der Absicht meiner Peiniger – oh! dieser unerbittlichsten! oh!
dieser teuflischen der Menschen! Ich wich
vor dem glühenden Metall in die Mitte der
Zelle zurück. Und mitten im Bewußtsein des
Feuertodes, der mir drohte, kam der Gedanke
an die Kühle des Brunnens wie Balsam über

meine Seele. Ich eilte an seinen tödlichen Rand. Ich warf einen spähenden Blick in die Tiefe. Der Schein der flammenden Decke erhellte seine innersten Winkel. Doch einen wahnsinnigen Augenblick lang weigerte sich mein Geist, die Bedeutung dessen zu fassen, was ich sah. Schließlich erzwang, ja bahnte es sich gewaltsam seinen Weg in meine Seele – es brannte sich ins erschauernde Hirn. Ach! hätte ich doch nur *eine* Stimme, es zu sagen! – Oh! Grauen! – Oh! jeglich Grauen, nur nicht dies! Mit einem Schrei wich ich vom Rande zurück, vergrub mein Gesicht in den Händen – und weinte bitterlich.

Die Hitze nahm rasch zu, und schaudernd, wie im Schüttelfrost, sah ich noch einmal auf. Abermals war eine Veränderung in der Zelle vor sich gegangen – und nun war es offensichtlich die *Form*, die sich verändert hatte. Wie zuvor war es zu Anfang vergebens, daß ich zu erkennen oder begreifen suchte, was geschah. Doch nicht lange ward ich im Zweifel gelassen. Mein zweimaliges Entrinnen hatte die Rache der Inquisition noch angestachelt, und da gab es nun kein Tändeln mehr mit dem

König der Schrecken. Der Raum war quadratisch gewesen. Nun sah ich, daß zwei seiner eisernen Winkel spitz geworden waren – zwei, folglich stumpf. Der fürchterliche Unterschied wuchs rasch unter leisem Poltern oder Ächzen. Im nächsten Augenblick hatte das Gelaß seine Form zu einem Rhombus gewandelt. Doch dabei blieb es nicht – auch hatte ich weder gehofft noch gewünscht – daß es dabei bliebe. Ich hätte die rotglühenden Wände mir um den Busen legen mögen als Gewand des ewigen Friedens. »Den Tod«, sprach ich, »jeden Tod, nur nicht den der Grube!« Ich Narr! hätte ich nicht wissen können, daß *in die Grube* mich zu treiben eben der Zweck des glühenden Eisens war? Konnte ich denn seiner Glut widerstehen? oder, selbst diesen Fall gesetzt, könnte ich dann seinem Druck standhalten? Flacher und flacher ward nun der Rhombus, mit einer Geschwindigkeit, die mir keine Zeit zum Überlegen ließ. Seine Mitte, und damit natürlich seine größte Weite, lag genau über dem gähnenden Schlund. Ich wich zurück – doch die sich nähernden Wände trieben mich unwiderstehlich darauf zu. Endlich fand mein versengter und gekrümmter Leib keinen Zoll Halt mehr auf dem festen Boden des Kerkers. Ich kämpfte nicht mehr, die Qual meiner Seele aber machte sich Luft in einem einzigen langen, lauten, letzten Schrei der Verzweiflung. Ich fühlte, ich taumelte an den Rand – ich wandte die Augen ab –

Da – ein wirres Gemurmel menschlicher Stimmen! Da schmetterte es laut wie aus vielen Trompeten! Da dröhnte es rauh und grollte, als wären's tausend Donner! Die feurigen Wände wichen zurück! Ein ausgestreckter Arm packte den meinen, da ich, von Ohnmacht umfangen, in den Abgrund stürzen wollte. Es war der Arm von General Lasalle. Die französische Armee hatte Toledo erobert. Die Inquisition war in den Händen ihrer Feinde.

# Das verräterische Herz

Fürwahr! – reizbar – sehr, gar fürchterlich reizbar waren meine Nerven gewesen und sind es noch; doch warum gleich behaupten *wollen*, ich sei verrückt? Das Leiden hatte meine Sinne geschärft – beileibe nicht zerrüttet – oder abgestumpft. Recht eigentlich war der Gehörsinn über die Maßen fein. Ich hörte alle Dinge im Himmel und auf Erden. Ich hörte viele Dinge in der Hölle. Wie, bin ich denn also verrückt? Hören Sie gut zu! und haben Sie acht, wie wohlgesund – wie ruhig ich Ihnen die ganze Geschichte erzählen kann.

Wie der Gedanke mir zuerst in den Sinn gekommen, weiß ich unmöglich zu sagen; doch als ich ihn einmal gefaßt, quälte er mich Tag und Nacht. Zweck war es nicht, Leidenschaft war es nicht. Ich mochte den alten Mann. Er hatte mir niemals Unrecht zugefügt. Er hatte mich niemals gekränkt. Nach seinem Golde gelüstete mich nicht. Es war wohl sein Blick! ja, das war es! Eines seiner Augen glich dem eines Geiers – ein blaßblaues Auge mit einem Häutchen darüber. Sooft sein Blick auf mich fiel, stockte mir das Blut in den Adern; und so reifte in mir denn nach und nach – so ganz allmählich – der Entschluß, dem Alten das Leben zu nehmen und so auf immer von dem Auge mich zu befreien.

Und das ist nun der springende Punkt. Sie meinen, ich sei verrückt. Verrückte aber wissen doch nichts. Da hätten Sie aber *mich* nun sehen sollen. Sie hätten nur einmal sehen sollen, wie klug ich vorgegangen bin – mit welcher Vorsicht – mit welchem Vorbedacht – mit welcher Vorstellung ich ans Werk gegangen! Nie war ich freundlicher zu dem alten Manne denn während der ganzen Woche, bevor ich ihn getötet. Und jede Nacht, um Mitternacht, drückte ich die Klinke seiner Türe nieder und öffnete sie – oh, so sacht! Und war dann die Öffnung groß genug, den Kopf hindurchzustecken, schob ich eine Blendlaterne hinein, die fest, ach, so fest geschlossen war, daß kein Licht hervorschimmerte, und dann ließ ich den Kopf folgen. Oh, hätten Sie gesehen, wie listig ich dies angefangen, Sie hätten gelacht! Langsam bewegte ich ihn – ganz, ganz langsam, daß ich den alten Mann nicht im Schlafe störte. Eine Stunde brauchte ich dazu, bis ich den ganzen Kopf so weit durch die Öffnung gesteckt hatte, daß ich den Alten sehen konnte, wie er in seinem Bette lag. Ha! – hätte sich ein Verrückter so schlau wohl angestellt? Und dann, wenn ich den Kopf richtig darinnen hatte, blendete ich behutsam die Laterne auf – oh, so behutsam – behutsam (denn die Scharniere quietschten) – blendete ich sie gerade so weit auf, daß ein einziger dünner Strahl auf das Geierauge fiel. Und dieses tat ich während sieben langer Nächte – jede Nacht genau zur Mitternacht –, doch immer fand ich das Auge geschlossen; und so war es unmöglich, das Werk zu vollbringen; denn nicht der alte Mann war's, der mich quälte, sondern seines Bösen Auges Böser Blick. Und jeden Morgen, wenn der Tag anbrach, trat ich kühn in seine Kammer und redete gar unverzagt mit ihm, indem ich in herzlichem Tone beim Namen ihn rief und mich erkundigte, wie er die Nacht verbracht habe. Sehen Sie, so hätte er schon ein sehr scharfsinniger alter Mann sein müssen, um zu argwöhnen, daß ich in jeder Nacht, genau um zwölf, bei ihm hineinschaute, indes er schlief.

In der achten Nacht war ich beim Öffnen der Türe noch vorsichtiger als sonst. Der Minutenzeiger einer Uhr rückt schneller vor, als meine Hand dies tat. Niemals noch vor dieser Nacht hatte ich das Ausmaß meiner eigenen Kräfte – meines Scharfsinns so *gespürt.* Kaum vermochte ich meine Triumphgefühle zu bändigen. Zu denken, daß ich da war und ganz allmählich die Türe öffnete, indes er nicht einmal im Traume etwas von meinen heimlichen Taten oder Gedanken ahnte! Ich mußte regelrecht kichern bei dem Gedanken; und er hörte mich wohl; denn plötzlich, als hätte ihn etwas erschreckt, bewegte er sich im Bett. Nun denken Sie vielleicht, ich hätte mich zurückgezogen – aber nicht doch. Sein Zimmer war in dichtes Dunkel gehüllt, wie Pech so schwarz (denn aus Angst vor Einbrechern waren die Fensterläden fest verschlossen), und so wußte ich, daß er nicht sehen konnte, wie die Tür sich öffnete, und ruhig schob ich sie denn weiter auf, immer weiter.

Ich hatte den Kopf schon drinnen und wollte gerade die Laterne aufmachen, da glitt mein Daumen an dem blechernen Riegel ab, und der alte Mann fuhr im Bette hoch und schrie – »Wer ist dort?«

Ich hielt ganz still und sagte nichts. Eine volle Stunde lang regte ich keinen Muskel, und während dieser ganzen Zeit hörte ich nicht, daß er sich wieder hinlegte. Noch immer saß er im Bett und lauschte – genau wie ich es Nacht um Nacht getan, da auf die Totenuhren in der Wand ich gehorcht.

Alsbald vernahm ich ein leises Stöhnen, und ich wußte, es war das Stöhnen, wie es Todesangst hervorbringt. Nicht Schmerz oder Gram – o nein! –, es war der leise gedämpfte Laut, der vom Grunde der Seele aufsteigt, wenn übergroßes Entsetzen darauf lastet. Mir war dieser Laut wohlbekannt. So manche Nacht, genau zur Mitternacht, wenn alles schlief, ist er hervorgequollen aus meiner Brust und hat mit seinem fürchterlichen Echohall das Grauen noch vertieft, welches mich gequält. Wie gesagt, ich kannte ihn wohl. Ich wußte, was der alte Mann empfand, und er tat mir leid, obschon es im Herzen mich erfreute. Ich wußte, er hatte wach gelegen, seit dem ersten leisen Geräusch, da er sich im Bette umgedreht. Seither war in ihm die Angst immerzu gewachsen. Er hatte versucht, sich einzubilden, sie sei grundlos, doch war es ihm nicht gelungen. ›Es ist nichts denn der Wind im Kamine‹, hatte er auf sich eingeredet – ›es ist nur eine Maus, die über die Dielen huscht‹, oder: ›Es ist bloß ein Heimchen, welches nur einmal gezirpt.‹ Ja, mit derlei Vermutungen hat er sich immer wieder zu trösten versucht: doch alles vergebens. *Alles vergebens;* weil der Tod sich ihm genaht, vor ihn getreten war mit seinem schwarzen Schatten und das Opfer darein gehüllt hatte. Und es war die traurige Gewalt dieses unsichtbaren Schattens – welche ihn – obwohl er nichts sah noch hörte – die Gegenwart meines Kopfes im Zimmer *spüren* ließ.

Als ich lange Zeit voller Geduld gewartet hatte, ohne zu vernehmen, daß er sich hingelegt hätte, beschloß ich, die Laterne um einen

**94**

kleinen – einen winzig, winzig kleinen Spalt zu öffnen. So öffnete ich sie denn – Sie können sich nicht vorstellen, wie leise, leise –, bis schließlich, wie der Faden eines Spinngewebs, ein einziger matter Strahl aus dem Spalt hervorschoß und auf das Geierauge fiel.

Es war offen – weit, weit offen – und Wut packte mich, da ich darauf starrte. Ich sah es mit vollkommener Deutlichkeit – das ganze fahle Blau, mit dem gräßlichen Schleier darüber, und erschauerte bis aufs Mark; doch vom Gesicht oder der Gestalt des alten Mannes vermochte ich sonst nichts zu erblicken: denn gleichsam instinktiv hatte ich den Strahl genau auf den verdammten Fleck gerichtet.

Und da – habe ich Ihnen nicht gesagt, daß das, was Sie für Wahnsinn halten, nichts anderes ist denn eine Überschärfe der Sinne? –, also da, sage ich, drang an meine Ohren ein leiser, dumpfer, behender Laut, ganz so wie eine Uhr klingt, wenn man sie in Watte wikkelt. Auch *diesen* Laut kannte ich wohl. Es war das Herz des alten Mannes, das da schlug. Dies steigerte meine Wut, wie Trommelschlag des Soldaten Mut anspornt.

Doch selbst jetzt noch hielt ich an mich und blieb still. Ich atmete kaum. Reglos verharrte ich mit der Laterne. Ich versuchte, wie ruhig ich den Strahl auf das Auge gerichtet halten konnte. Unterdessen wuchs das höllische Getrommel des Herzens immer mehr. Schneller, immer schneller ward es mit jedem Augenblick und lauter und immer lauter. Der alte Mann *muß* panische Angst gehabt haben. Lauter, wie gesagt, pochte es, lauter mit jedem Augenblick! – hören Sie mir auch gut zu? Ich habe Ihnen doch gesagt, daß meine Nerven reizbar sind: o ja. Und hier nun, mitten in der Nacht, in der schrecklichen Stille dieses alten Hauses, erregte mich dies sonderbare Geräusch bis zu unbändigem Entsetzen. Doch noch einige weitere Minuten hielt ich an mich und stand still. Aber das Pochen ward lauter, lauter! Ich meinte, dies Herz müsse zerspringen. Und da packte mich eine neue Sorge – ein Nachbar könne dies Pochen hören! Für den alten Mann war die Stunde gekommen. Mit gellendem Gebrüll riß ich die Laterne vollends auf und sprang ins Zimmer. Er schrie auf, einmal, ein einziges Mal nur. Im

Augenblick hatte ich ihn auf den Fußboden gezerrt und das dicke Bett über ihn gezogen. Darauf lächelte ich froh, war doch die Tat soweit vollbracht. Doch minutenlang noch schlug das Herz weiter mit gedämpftem Pochlaut. Das störte mich aber nicht; durch die Wand hindurch wäre das nicht zu hören. Endlich verstummte es. Der alte Mann war tot. Ich nahm das Bett fort und musterte prüfend den Leichnam. Ja, er war tot, mausetot. Ich legte meine Hand auf sein Herz und ließ sie eine ganze Weile dort liegen. Da war kein Klopfen mehr. Es schlug nicht mehr. Er war mausetot. Sein Blick würde mich nimmermehr quälen.

Wenn Sie noch immer denken sollten, ich sei verrückt, dann werden Sie aber jetzt Ihre Meinung ändern, wenn ich ihnen nun berichte, welche kluge Vorkehrungen ich ergriff, die Leiche zu verbergen. Die Nacht schwand dahin, und ich arbeitete hastig, doch in aller Stille. Zuallererst zerstückelte ich den Leichnam. Ich trennte den Kopf ab sowie die Arme und Beine.

Darauf hob ich drei Dielen vom Fußboden

der Kammer auf und verstaute alles zwischen den Verbandstücken. Dann schob ich die Bretter wieder so geschickt, so kunstgerecht an ihren Platz zurück, daß keines Menschen Auge – nicht einmal *seines* – etwas Unrechtes daran hätte erkennen können. Da war nichts wegzuwaschen – kein Fleck irgendwelcher Art – keinerlei Blutspur. Dazu war ich zu umsichtig vorgegangen. Ein Bottich hatte alles aufgenommen – ha! ha!

Als ich diese Arbeiten vollbracht hatte, war es vier Uhr – und noch immer finster wie zur Mitternacht. Als die Uhr die Stunde schlug, klopfte es an der Haustür. Leichten Herzens ging ich hinunter, sie zu öffnen – denn was hatte ich *nun* noch zu fürchten? Herein traten drei Männer, die sich mit vollendeter Höflichkeit als Polizeibeamte vorstellten. Ein Schrei sei in der Nacht von einem Nachbarn gehört worden; Verdacht auf verbrecherisches Tun sei geweckt; Anzeige sei erstattet worden auf der Polizeiwache und sie (die Beamten) wären nun entsandt, das Anwesen zu durchsuchen.

Ich lächelte – denn *was* hatte ich zu fürchten? Ich hieß die Herren willkommen. Geschrien, so sagte ich, habe in einem Traume ich selber. Der alte Mann, meldete ich ferner, weile auf dem Lande. Ich führte meine Besucher durch das ganze Haus. Ich bat sie, doch zu suchen – *gründlich* zu suchen. Ich geleitete sie schließlich zu *seiner* Kammer. Ich zeigte ihnen seine Schätze, sicher verwahrt, unangetastet. Im Überschwang meines Selbstvertrauens brachte ich Stühle ins Zimmer und forderte sie auf, doch *hier* von ihrer Mühsal auszuruhen, indes ich selber im tollkühnen Übermut meines vollkommenen Triumphes meinen eigenen Stuhl genau auf die Stelle rückte, darunter die Leiche des Opfers ruhte.

Die Polizisten waren zufrieden. Mein *Auftreten* hatte sie überzeugt. Ich fühlte mich außerordentlich wohl, gänzlich unbefangen. Sie setzten sich, und dieweil ich munter Antwort gab, plauderten sie von gewöhnlichen Dingen. Doch alsbald spürte ich, wie ich bleich ward, und wünschte sie fort. Der Kopf schmerzte mir, und in den Ohren vermeinte ich ein Klingen zu hören: doch noch immer saßen sie da, noch immer schwatzen sie. Das Klingen ward deutlicher: – es dauerte an und ward immer deutlicher: ich redete ungezwungener daher, um das Gefühl loszuwerden: doch es dauerte an und gewann an Bestimmtheit – bis ich schließlich merkte, daß es *gar nicht* meine Ohren waren, die da klangen.

Zweifellos ward ich nun *sehr* bleich – doch fließender redete ich dahin und mit lauterer Stimme. Doch das Geräusch schwoll an – und was konnte ich nur tun? Es war *ein leiser, dumpfer, behender Laut – ganz so wie eine Uhr klingt, wenn man sie in Watte wickelt.* Ich rang nach Atem – und doch hörten es die Polizisten nicht. Ich redete schneller – leidenschaftlicher; doch das Geräusch schwoll immer weiter an. Ich erhob mich und debattierte um Nichtigkeiten, in höchsten Tönen und mit heftigen Gebärden; doch das Geräusch ward immer lauter. Warum nur *wollten* sie nicht gehen? Mit schweren Schritten ging ich auf und ab, wie wenn die Bemerkungen der Männer mich wütend aufgebracht – doch das Geräusch ward immer lauter. O Gott! was *konnte* ich nur tun? Ich schäumte – ich tobte – ich fluchte! Ich ergriff mit Schwung den Stuhl, auf welchem ich gesessen hatte, und kratzte damit auf den Dielen herum, doch das Geräusch übertönte alles und schwoll beständig an. Es ward lauter – lauter – immer *lauter!* Und noch immer plauderten die Männer munter daher und lächelten. War es denn möglich, daß sie nichts hörten? Allmächtiger Gott! – nein, nein! Sie hörten es wohl! – sie hegten schon Verdacht! – sie *wußten!* – sie machten sich nur lustig über mein Entsetzen! – so dachte ich damals, und so denke ich noch jetzt. Doch alles, nur nicht diese Pein. Alles ertragen, nur nicht diesen Hohn. Ich hielt dies scheinheilige Lächeln nicht mehr aus! Ich spürte, ich müsse schreien oder sterben! – und da – wieder! – horch! lauter! lauter! lauter! *lauter!* –

»Ihr Schurken!« schrie ich, »genug eurer Heuchelei! Ich gestehe die Tat! – reißt die Dielen auf! – hier, hier! – sein gräßliches Herz, es schlägt!«

# Der Goldkäfer

Heda! Holla! Der Kerl tanzt ja wie toll!
Er ist wohl von der Tarantel gestochen.
›Alle im Unrecht‹

Vor vielen Jahren schloß ich enge Freundschaft mit einem Mr. William Legrand. Er
stammte aus einer alten Hugenottenfamilie
und hatte einst Wohlstand gekannt; doch
durch eine Reihe von Mißgeschicken war er in
Armut geraten. Um der Demütigung, welche
seinen Verhängnissen folgte, zu entgehen,
verließ er New Orleans, die Stadt seiner Väter,
und ließ sich auf Sullivan's Island nieder, nahe
Charleston, Süd-Carolina.

Dieses Eiland ist gar einzig in seiner Art. Es
besteht aus wenig mehr denn Meeressand und
erstreckt sich über rund drei Meilen Länge.
Seine Breite geht an keiner Stelle über eine
Viertelmeile hinaus. Vom Festlande trennt
es ein kaum wahrnehmbarer Bach, der durch
eine Wildnis von Schilf und Schlamm dahin-
sickert, ein Lieblingsaufenthalt des Sumpf-
huhns. Die Vegetation ist, wie man sich den-

ken kann, spärlich oder zumindest nur zwergenhaft. Keinerlei Bäume, nur irgend hochgewachsen, sind zu sehen. Am westlichen Ende, wo Fort Moultrie steht und wo es ein paar elende Holzhäuser gibt, während des Sommers bewohnt von Leuten, welche vor Charlestons Staub und Fieber geflohen, mag man zwar die stachlige Zwergpalme antreffen; sonst aber ist die ganze Insel, mit Ausnahme dieser westlichen Spitze und eines Streifens harten, weißen Strandes an der Seeküste, mit dichtem Unterwuchs von jener süßduftenden Myrte bedeckt, welche bei den Gartenbaukünstlern Englands so überaus geschätzt wird. Der Strauch erreicht hier oftmals eine Höhe von fünfzehn oder zwanzig Fuß und bildet ein fast undurchdringliches Dickicht, dessen Wohlgeruch schwer in der Luft lastet.

In der tiefsten Abgeschiedenheit dieses Dickichts, nicht weit von dem östlichen oder entfernteren Ende der Insel, hatte sich Legrand eine kleine Hütte gebaut, welche er bewohnte, als ich rein zufällig seine Bekanntschaft machte. Diese reifte bald zur Freundschaft – denn der Einsiedler hatte vieles an sich, das Interesse und Hochachtung erwecken mochte. Ich fand ihn wohlgebildet und von ungewöhnlichen Geistesgaben, doch vergiftet von Misanthropie und launischen Stimmungsumschwüngen unterworfen, welche zwischen Begeisterung und Schwermut wechselten. Er hatte viele Bücher bei sich, doch schlug er sie nur selten auf. Seinen hauptsächlichen Zeitvertreib bildeten Jagen und Fischen oder auch gemächliche Spaziergänge, bei denen er am Strand und durch die Myrten dahinschlenderte, auf der Suche nach Muscheln oder entomologischen Exemplaren – um seine Sammlung der letzteren hätte ihn wohl selbst ein Swammerdamm beneidet. Auf diesen Ausflügen begleitete ihn gewöhnlich ein alter Neger namens Jupiter, der zwar freigelassen worden war, noch ehe die Familie ins Unglück geriet, den aber weder Drohungen noch Versprechungen zu bewegen vermochten, das aufzugeben, was er für sein Recht ansah, seinem jungen ›Massa Will‹ auf Schritt und Tritt zu folgen. Es ist nicht unwahrscheinlich, daß Legrands Angehörige, welche ihn für einigermaßen wirr im Kopfe hielten, es verstanden hatten, Jupiter diese Halsstarrigkeit eigens einzuflößen, damit er den unsteten Gesellen unter Aufsicht und Obhut nähme.

Auf der Breite von Sullivan's Island sind die Winter selten sehr streng, und im Herbst des Jahres ist es schon ein recht ungewöhnliches Ereignis, wenn einmal ein Feuer notwendig wird. Um die Mitte des Oktobers 18 – – kam jedoch ein bemerkenswert kalter Tag. Kurz vor Sonnenuntergang bahnte ich mir einen Weg durch das immergrüne Gestrüpp zur Hütte meines Freundes, den ich schon mehrere Wochen lang nicht besucht hatte – wohnte ich doch zu der Zeit in Charleston, neun Meilen von der Insel entfernt, und die Möglichkeiten der Hin- und Rückreise standen hinter den heutigen weit zurück. Als ich die Hütte erreicht hatte, klopfte ich an, wie es meine Gewohnheit war, suchte, da ich keine Antwort erhielt, nach dem Schlüssel, dessen Versteck ich kannte, öffnete die Tür und trat ein. Ein treffliches Feuer brannte auf der Herdstatt. Das war eine Überraschung, doch keineswegs eine unangenehme. Ich warf den Überrock ab, rückte mir einen Lehnstuhl vor die knisternden Holzscheite und wartete geduldig, daß meine Gastgeber heimkehrten.

Bald nach Einbruch der Dunkelheit kamen sie und hießen mich aufs herzlichste willkommen. Jupiter, der von einem Ohr zum andern grinste, hantierte geschäftig, ein paar Sumpfhühner zum Abendessen zu bereiten. Legrand hatte einen seiner Anfälle – wie soll ich es sonst nennen? – von schwärmerischer Begeisterung. Er hatte nämlich eine unbekannte zweischalige Muschel gefunden, die eine ganz neue Gattung darstellte, und überdies mit Jupiters Hilfe einen Skarabäus gejagt und auch gefangen, der seines Wissens überhaupt noch nicht bekannt war, bezüglich dessen er aber am andern Morgen meine Meinung hören wollte.

»Und warum nicht heute abend?« fragte ich, indes ich mir die Hände über dem Feuer rieb und die ganze *tribus* der Skarabäen zum Teufel wünschte.

»Ach, wenn ich doch nur gewußt hätte, daß

Sie hier waren!« sagte Legrand, »aber es ist so lange her, daß ich Sie gesehen habe; und wie hätte ich ahnen können, daß Sie mich ausgerechnet heute abend besuchen kämen? Auf dem Heimweg habe ich nämlich Lieutenant G – – vom Fort getroffen und ihm dummerweise den Käfer geliehen; so können Sie ihn also unmöglich vor morgen sehen. Bleiben Sie doch die Nacht über hier, und gleich bei Sonnenaufgang soll Jup ihn holen. So etwas Entzückendes gibt es in der ganzen Schöpfung nicht noch einmal!«

»Was? – den Sonnenaufgang?«

»Unsinn! nein – den Käfer. Er hat die Farbe von leuchtendem Gold – ist etwa so groß wie eine dicke Hickorynuß – und hat zwei pechschwarze Flecken am einen Ende des Rükkens und einen weiteren, etwas längeren, am andern. Die *Antennen* sind – «

»Da is *kein* Tinn nich drin, Massa Will, sach ich Ihn doch andauernd«, unterbrach ihn hier Jupiter, »das is 'n Goldkäfer, massiv, durch un' durch, in- un' auswendig, bloß de Flügel nich – hab im Leem noch nie nich 'nen Käfer gesehn, der halb so schwer war.«

**107**

»Nun, mag schon sein, Jup«, erwiderte Legrand, ein bißchen ernster, wie mir schien, als der Fall erforderte, »aber ist denn das gleich ein Grund, daß du deswegen die Hühner da anbrennen läßt? Die Färbung« – hier wandte er sich mir zu – »ist wirklich fast dazu angetan, Jupiters Ansicht zu rechtfertigen. Einen glänzenderen metallischen Schimmer, als er von den Schuppen ausgeht, haben Sie noch nie gesehen – doch darüber können Sie erst morgen urteilen. Inzwischen kann ich Ihnen eine ungefähre Vorstellung von seiner Gestalt geben.« Mit diesen Worten setzte er sich an einen kleinen Tisch, auf welchem sich zwar Feder und Tinte befanden, doch kein Papier. Selbiges suchte er nun in einem Schubfach, fand aber keins.

»Macht nichts«, sagte er schließlich, »das hier tut es auch«; und damit zog er aus seiner Westentasche einen Fetzen hervor, der mir wie sehr schmutziges Propatriapapier dünkte, und skizzierte mit der Feder eine flüchtige Zeichnung darauf. Dieweil er dies tat, blieb ich auf meinem Platz am Feuer, denn mich fröstelte noch immer. Als die Skizze fertig

**108**

war, reichte er sie mir herüber, ohne dabei aufzustehen. Wie ich sie entgegennahm, war lautes Knurren zu vernehmen, dem ein Kratzen an der Tür folgte. Jupiter öffnete diese, und ein großer Neufundländer, der Legrand gehörte, stürmte herein, sprang an mir hoch und überhäufte mich mit Liebkosungen; denn ich hatte ihm bei früheren Besuchen viel Aufmerksamkeit bezeigt. Als seine Freudensprünge vorüber waren, sah ich mir das Papier an und war, um die Wahrheit zu sagen, nicht wenig bestürzt über das, was mein Freund da zu Papier gebracht hatte.

»Je nun!« sagte ich, nachdem mein Blick einige Minuten lang darauf verweilt, »dies ist mir ein gar sonderbarer Skarabäus, muß ich gestehen: mir gänzlich neu: dergleichen habe ich noch nie gesehen – es sei denn, es wäre ein Schädel oder ein Totenkopf – solchem gleicht er mehr denn allem sonst, was *mir* je vor Augen gekommen ist.«

»Ein Totenkopf!« wiederholte Legrand – »Oh – ja – hm, auf dem Papier hat er zweifellos ein wenig davon an sich. Die beiden oberen schwarzen Flecke sehen wie Augen aus, wie?

Und der längere da unten wie ein Mund – und dazu ist die Form des Ganzen noch oval.«

»Vielleicht«, sagte ich; »aber, Legrand, ich fürchte, Sie sind kein großer Künstler. Ich muß schon warten, bis ich den Käfer selber sehe, wenn ich mir ein Bild von seinem Aussehen machen soll.«

»Nun ja, ich weiß nicht recht«, sagte er ein wenig verdrießlich, »ich zeichne doch wohl ganz leidlich – *sollte* es wenigstens – denn ich hatte gute Lehrer und schmeichle mir, nicht ganz auf den Kopf gefallen zu sein.«

»Aber, mein Lieber, dann ist es Ihnen wohl um einen Scherz zu tun«, sagte ich, »das hier ist ein ganz passabler *Schädel* – ja, ich darf sagen, das ist ein ganz *vortrefflicher Schädel*, nach den landläufigen Vorstellungen zu urteilen, die man von solchen physiologischen Dingen hat – und Ihr *Skarabäus* muß der absonderlichste *Käfer* auf der ganzen Welt sein, wenn er dem hier ähnlich sieht. Je nun, auf diesen Fingerzeig hin mögen wir gar einen höchst schaurigen Aberglauben heraufbeschwören. Ich nehme an, Sie werden den Käfer *scarabaeus caput hominis* oder so ähnlich nennen – in den Naturgeschichten gibt es ja viele derartige Namen. Doch wo sind denn hier die *Antennen,* von denen Sie sprachen?«

»*Die Antennen!*« sagte Legrand, der sich bei dem Gegenstande merkwürdig zu erregen schien; »Sie müssen die *Antennen* doch gewißlich sehen. Ich habe sie so deutlich gezeichnet, wie sie's an dem Insekte selber sind, und denke doch, das sollte genügen.«

»Schon gut, schon gut«, sagte ich, »das mag ja sein – trotzdem kann ich sie nicht erkennen«; und ich gab ihm ohne weitere Bemerkung das Papier zurück, wollte ich ihm doch auf keinen Fall die gute Laune verderben; doch erstaunte mich nicht wenig die Wendung, welche die Sache genommen; seine Verstimmung wollte mich recht rätselhaft bedünken – und was die Zeichnung des Käfers betraf, so waren darauf ganz bestimmt *keine Antennen* ersichtlich, und das Ganze wies nun einmal eine überaus frappierende Ähnlichkeit mit dem gewöhnlichen Aussehen eines Totenkopfes auf.

Er nahm das Papier überaus mürrisch entgegen und stand schon im Begriffe, es zusammenzuknüllen, offenbar um es ins Feuer zu werfen, als ein zufälliger Blick auf die Zeichnung urplötzlich seine Aufmerksamkeit zu fesseln schien. Im Augenblick überzog eine heftige Röte sein Gesicht – im nächsten ward er leichenblaß. Darauf musterte er einige Minuten lang die Zeichnung sehr eingehend, und zwar an seinem Platze. Endlich stand er auf, nahm eine Kerze vom Tische und begab sich in die hinterste Ecke des Raumes, wo er sich auf einer Seemannskiste niederließ. Hier unterzog er das Papier abermals eifrig einer Prüfung, wobei er es nach allen Seiten wendete. Er sprach jedoch kein Wort, und sein Verhalten erstaunte mich ungemein; doch hielt ich es für das klügste, seine wachsende Verstimmung nicht durch irgendeine Bemerkung noch zu verschlimmern. Alsbald zog er aus seinem Rock eine Geldtasche, legte das Papier sorgsam hinein und tat beides in ein Schreibpult, welches er verschloß. Nun ward er wieder gefaßter in seinem Auftreten; seine ursprüngliche schwärmerische Begeisterung war freilich gänzlich geschwunden. Doch wirkte er nicht so sehr verdrießlich als zerstreut. Wie der Abend langsam dahinging, versank er mehr und mehr in Träumerei, aus der ihn kein noch so witziger Einfall meinerseits aufzurütteln vermochte. Es war eigentlich meine Absicht gewesen, die Nacht in der Hütte zu verbringen, wie ich es schon häufig zuvor getan hatte, doch da ich meinen Gastgeber in dieser Stimmung sah, hielt ich es für tunlich, mich zu verabschieden. Er drängte mich auch gar nicht zu bleiben, doch als ich ging, schüttelte er mir sogar noch herzlicher als sonst die Hand.

Es war wohl einen Monat danach (und während dieser Zeit hatte ich nichts von Legrand zu sehen bekommen), daß ich in Charleston den Besuch seines Dieners Jupiter empfing. Noch nie hatte ich den guten alten Neger so niedergeschlagen gesehen, und ich fürchtete schon, meinem Freunde sei ein ernstliches Unglück zugestoßen.

»Nun, Jup«, sagte ich, »was gibt's? – wie geht es deinem Herrn?«

»Hm, ehrlich gesacht, Massa, ihm tut's gar nich so wohl gehn, wie's ihm sollte.«

»Nicht wohl! Es tut mir aufrichtig leid, das zu hören. Worüber klagt er denn?«

»E-m! das isses ja! – tut nie nich klagen auf was – is aber gant serr krank.«

»*Sehr* krank, Jupiter! – warum hast du das nicht gleich gesagt? Muß er das Bett hüten?«

»Nee, das nich! – gar nich was hüten – das isses ja, wo de Schuh drücken tut – ich mach mir gant serr Sorgen um arme Massa Will.«

»Jupiter, ich wollte, ich würde verstehen, wovon du sprichst. Du sagst, dein Herr sei krank. Hat er dir denn nicht gesagt, was ihm fehlt?«

»No, Massa, müssn dadrum nich gleich krumm nehm’ – Massa Will sacht, fehlen tut-m gar nix – aber warum tut er dann mit so ’nem Gesich’ rumgehn, Kopp lässer häng’ un’ de Schuldern hoch, un’ is weiß wie ’n Gespenst? Un’ dann de Siffern, die er immer mach’ –«

»Was macht er, Jupiter?«

»Siffern mit de Figgurn auf de Schiefertafel – de komischsten Figgurn, die ’ch je gesehn hab. Ich kriech’s langsam mit de Angs’,

**114**

sach ich Ihn. Muß mächtich aufpassn auf 'm heutertachs. Neulich isser mir aus'rissn, noch eh' de Sonne rauf, un' war de ganten lieben Tach fort, 'ch hatt mir 'nen großen Stock ge- mach', um ihm 'ne tüchtich' Tracht zu ver- passn, wenn er heimkommen tät – aber 'ch bin so 'n dumme Kerl, hab's nich können übers Hert bring – de Massa sah so erbärmlich aus.«

»Äh? – was? – ach so! – Im ganzen denke ich, du solltest lieber nicht zu streng mit dem armcn Kerl sein – schlag ihn nur nicht, Jupi- ter – das verträgt er nämlich nicht besonders gut – aber hast du denn gar keine Ahnung, was diese Krankheit hervorgerufen haben kann oder vielmehr sein verändertes Betragen? Ist irgend etwas Unangenehmes vorgefallen, seit ich bei euch war?«

»Nee, Massa, *seitdem* is garr nix Un- genehm's passiert – *davor*, fürcht ich – 's war grad an dem Tach, wo Sie da warn.«

»Wie? Was meinst du damit?«

»Na, Massa, ich mein' de Käfer da – das isses.«

»Den was?«

»De Käfer – 'ch bin gant sicher, daß Massa
Will is 'biss'n wor'n von de Goldkäfer da
ir'ndwo inne Kopp.«

»Und welche Ursache hast du, Jupiter, für
eine derartige Annahme?«

»Sach' genuch, Massa, Mund un' Klaun. Ich
hab nie nich so 'n verd – – – n Käfer gesehn –
der beiß' doch alles, was 'm nahe komm'.
Massa Will hat 'n zuers' gefangn, aber hat 'n
mächtich gleich wieder loslassn müssn, sach
ich Ihn – un' da musser gebissn wor'n sin.
Selber, mir hat dem Käfer sein Maul überhaup' nich gefalln, ich hätt 'n nie nich mit
meine Finger angefaßt, aber 'ch hab 'n mit 'm
Stück Papier gefangn, das 'ch gefundn hab.
Wickel 'n rein inne Papier und stopp 'm Stück
davon inne Mund – so hab ich's gemach'.«

Und du denkst also, daß dein Herr wirklich
von dem Käfer gebissen worden ist und daß
der Biß ihn krank gemacht hat?«

»Ich denk da gar nie nich – 'ch weiß das.
Warum tut er denn nu soviel vonne Gold
träum', wenn nich darum, weil de Goldkäfer
'n 'bissen hat? Hab schon früher davon gehört, so isses mit 'n Goldkäfern.«

**116**

»Aber woher willst du denn wissen, daß er von Gold träumt?«

»Woher 'ch das weiß? na, weil er im Schlaf davon redet – darum tu ich's wissen.«

»Nun, Jup, vielleicht hast du recht, doch welchem glücklichen Umstand verdanke ich denn die Ehre deines heutigen Besuches?«

»Äh – was is, Massa?«

»Bringst du mir irgendeine Botschaft von Mr. Legrand?«

»Nee, Massa, 'ch bring bloß de Pistel hier«; und damit überreichte mir Jupiter ein Billett, welches folgendermaßen lautete:

›Mein Lieber ...!
Warum haben Sie sich so lange nicht sehen lassen? Sie sind doch hoffentlich nicht so töricht gewesen, irgendeine kleine *brusquerie* meinerseits übelzunehmen? Doch nein, das ist ausgeschlossen.

Seit Sie hier waren, habe ich allerlei Ursache zur Sorge. Ich muß Ihnen etwas erzählen, weiß jedoch kaum, wie ich's anfangen soll oder ob ich es überhaupt erzählen soll.

Mir ist es in den letzten Tagen nicht sonderlich gut gegangen, und der arme alte Jup plagt mich fast bis zur Unerträglichkeit mit seiner gutgemeinten Fürsorge. Ob Sie's wohl glauben? – hatte er sich neulich doch mit einem riesigen Stock versehen, um mich zu züchtigen, weil ich ihm entwischt war und den ganzen Tag *solo* in den Hügeln auf dem Festland verbracht habe. Ich glaube wahrhaftig, nur mein schlechtes Aussehen hat mich vor einer Tracht Prügel bewahrt.

Seit Ihrem Besuch habe ich meiner Sammlung nichts Neues mehr hinzugefügt.

Wenn Sie nur irgend können, kommen Sie doch mit Jupiter herüber. Bitte kommen Sie! Ich möchte Sie noch *heute abend* sehen, es geht um eine wichtige Angelegenheit. Ich versichere Ihnen, die Sache ist von höchster Wichtigkeit.

Immer der Ihrige    *William Legrand*‹

Es lag etwas im Tone dieses Briefes, das mich zutiefst beunruhigte. Der ganze Stil klang so ganz und gar nicht wie Legrand. Wovon mochte er nur träumen? Von welcher neuen Grille war sein so erregbares Hirn besessen?

**118**

Welche ›Sache von höchster Wichtigkeit‹ konnte denn *er* schon zu erledigen haben? Was Jupiter von ihm berichtet hatte, ließ nichts Gutes ahnen. Ich fürchtete, daß der anhaltende Druck des Unglücks den Verstand meines Freundes schließlich doch gänzlich zerrüttet habe. Ohne auch nur einen Augenblick zu zögern, machte ich mich darum bereit, den Neger zu begleiten.

Am Ufer angekommen, bemerkte ich auf dem Boden des Bootes, in dem wir uns einschiffen sollten, eine Sense und drei Spaten, alle offenbar ganz neu. »Was hat das alles zu bedeuten, Jup?« fragte ich.

»Is Sense, massa, un' Spaten.«

»Ja, freilich; doch was machen die hier?«

»Is Sense un' Spaten, die 'ch unbeding' für Massa Will hab müssn kaufen inne Stadt un' wo 'ch den Deibel hab massich Geld für tahlen müssen.«

»Aber was, im Namen alles Geheimnisvollen, will dein ›Massa Will‹ denn mit Sense und Spaten anfangen?«

»Das is mehr, als *ich* weiß, un' de Deibel soll mich holen, wenn's nich auch mehr is, als er selber weiß. Aber is alles von wegen de Käfer da.«

Da ich fand, daß von Jupiter, dessen ganzer Verstand offenbar von ›de Käfer da‹ in Anspruch genommen war, mir keine Gewißheit ward, stieg ich nun ins Boot und segelte ab. Bei einer schönen frischen Brise liefen wir bald in die kleine Bucht nördlich von Fort Moultrie ein, und ein Fußmarsch von zwei Meilen brachte uns zur Hütte. Es war gegen drei am Nachmittag, als wir ankamen. Legrand hatte uns schon mit großer Ungeduld erwartet. Er ergriff meine Hand mit einem nervösen *empressement*, der mich erschreckte und in meinem bereits gefaßten Verdacht bestärkte. Seine Miene war geradezu gespenstisch bleich, und die tiefliegenden Augen funkelten in unnatürlichem Glanze. Nach einigen Erkundigungen bezüglich seines Befindens fragte ich, da mir nichts Besseres einfiel, ob er den Skarabäus von Lieutenant G – – schon zurückbekommen habe.

»O ja«, antwortete er, indem er heftig errötete, »ich habe ihn gleich am nächsten Mor-

gen von ihm wiederbekommen. Nichts vermöchte mich je von diesem Skarabäus zu
trennen. Wissen Sie, daß Jupiter völlig recht
damit hat?«

»Womit?« fragte ich, eine trübe Vorahnung
im Herzen.

»Mit seiner Vermutung, es sei ein Käfer aus
*echtem Gold.*« So sprach er mit tiefernster
Miene, und ich verspürte unsägliche Betrof-
fenheit.

»Dieser Käfer soll mein Glück machen«,
fuhr cr mit triumphierendem Lächeln fort,
»er soll mir wieder zu meinen Familienbesitz-
tümern verhelfen. Kann es also wunderneh-
men, daß ich ihn so hochschätze? Da es
Fortuna gefallen hat, ihn mir zum Geschenk
zu machen, muß ich mich seiner nur noch
entsprechend bedienen, und ich werde zu
dem Golde kommen, dessen Wegweiser er ist.
Jupiter, bring mir den Skarabäus!«

»Was! de Käfer da, Massa? Ich will de Käfer
da lieber nich stör'n – den müssense sich selber hol'n.« Hierauf erhob sich Legrand mit
ernster, würdevoller Miene und brachte mir
den Käfer aus einem Glasbehälter, darin er

eingeschlossen war. Es war ein prächtiger Skarabäus und damals den Naturforschern noch unbekannt – in wissenschaftlicher Hinsicht natürlich also ein großer Glücksgewinn. Er hatte zwei runde, schwarze Flecke am einen Ende des Rückens und einen länglichen am anderen. Die Schuppen, überaus hart und glänzend, wirkten ganz und gar wie poliertes Gold. Das Insekt wog auffallend schwer, und wenn ich alle Dinge in Erwägung zog, so konnte ich Jupiter für seine Ansicht darüber kaum tadeln; was aber davon zu halten war, daß Legrand diese Meinung teilte, das wußte ich bei meinem Leben nicht zu sagen.

»Ich habe Sie holen lassen«, sagte er in pathetischem Tone, als ich die Untersuchung des Käfers beendet hatte, »ich habe Sie holen lassen, da ich Ihren Rat und Beistand mir erhoffe, wenn es gilt, den Zwecken förderlich zu sein, welche das Schicksal und der Käfer –«

»Mein lieber Legrand«, rief ich, ihn unterbrechend, »Sie fühlen sich gewiß nicht wohl, und Sie sollten sich vorsichtshalber einiger kleiner Maßregeln unterziehen. Sie sollten sich zu Bette legen, und ich bleibe ein paar Tage bei Ihnen, bis Sie es überstanden haben. Sie fiebern ja und – «

»Fühlen Sie mir den Puls«, sagte er.

Ich tat es und fand, ehrlich gesprochen, nicht das mindeste Anzeichen von Fieber.

»Aber Sie können krank sein, auch wenn Sie kein Fieber haben. Erlauben Sie mir dies eine Mal, Ihr Arzt zu sein. Zuerst einmal legen Sie sich ins Bett. Alsdann – «

»Sie irren sich«, fiel er mir ins Wort, »mir geht es so gut, wie ich es bei der Aufregung, unter der ich leide, nur erwarten kann. Wenn Sie mir wirklich wohlwollen, so werden Sie diese Aufregung lindern helfen.«

»Und wie soll das geschehen?«

»Sehr einfach. Jupiter und ich begeben uns auf eine Expedition in die Berge auf dem Festland, und bei dieser Expedition werden wir die Hilfe eines Menschen brauchen, auf den wir uns verlassen können. Sie sind der einzige, zu dem wir Vertrauen haben. Ob das Ganze zu gutem oder schlechtem Ende kommt, die Erregung, welche Sie jetzt an mir wahrnehmen, wird, so oder so, sich legen.«

»Ich möchte Ihnen nur zu gern in jeder erdenklichen Weise gefällig sein«, erwiderte ich; »doch wollen Sie etwa sagen, daß dieser infernalische Käfer irgend etwas mit Ihrer Expedition in die Berge zu tun hat?«

»Aber ja.«

»Dann, Legrand, kann ich bei einem so absurden Unternehmen nicht mit von der Partie sein.«

»Das bedaure ich, bedaure ich sehr – denn da müssen wir es allein versuchen.«

»Allein versuchen! Dieser Mann ist ganz gewiß verrückt! – doch halt! – wie lange gedenken Sie denn fortzubleiben?«

»Wahrscheinlich die ganze Nacht. Wir weden unverzüglich aufbrechen und auf jeden Fall bis Sonnenaufgang zurück sein.«

»Und wollen Sie mir bei Ihrer Ehre versprechen, daß Sie, sobald dieser Ihr kindischer Einfall vorüber ist und die Sache mit dem Käfer (du großer Gott!) zu Ihrer Zufriedenheit erledigt ist, dann nach Hause zurückkehren und meinem Rat unbedingt folgen werden, wie dem Ihres Arztes?«

»Ja; das verspreche ich; nun wollen wir aber

aufbrechen, denn wir haben keine Zeit zu verlieren.«

Schweren Herzens begleitete ich meinen Freund. Wir gingen gegen vier Uhr los – Legrand, Jupiter, der Hund und ich. Jupiter hatte die Sense und die Spaten bei sich – er bestand darauf, alles allein zu tragen – mehr aus Angst, so schien mir, daß ja keines der Geräte in Reichweite seines Herrn sich befinde, denn aus übergroßem Fleiße oder Gefälligkeit. Sein Betragen war über die Maßen störrisch, und ›dieser verd–––tc Käfer‹ waren die einzigen Worte, welche während des ganzen Weges seinem Munde entschlüpften. Was mich selbst betraf, so war ich mit ein paar Blendlaternen beladen, indes Legrand sich mit dem Skarabäus begnügte, den er an das Ende von einem Stückchen Peitschenschnur gebunden hatte; und diese wirbelte er beim Gehen mit der Miene eines Geisterbeschwörers hin und her. Als ich diesen letzten, klaren Beweis für die geistige Verwirrung meines Freundes bemerkte, vermochte ich kaum die Tränen zurückzuhalten. Ich hielt es jedoch für das beste, seiner Laune nachzugehen, zumin-

**125**

dest im Augenblick, oder doch bis ich mit Aussicht auf Erfolg energischere Maßnahmen ergreifen könnte. Unterdessen bemühte ich mich, jedoch vergebens, ihn nach dem Ziel der Expedition auszuhorchen. Nachdem es ihm gelungen war, mich zur Teilnahme zu überreden, schien er nicht gewillt, sich auf ein Gespräch über irgendein Thema minderer Wichtigkeit einzulassen, und all meine Fragen würdigte er keiner anderen Antwort als: »Wir werden sehen!«

Mit Hilfe eines Skiffs überquerten wir die Bucht an der Spitze der Insel, und nachdem wir die Steilküste des Festlands erklommen hatten, gingen wir in nordwestlicher Richtung weiter, dahin durch einen ungeheuer wilden und wüsten Landstrich, wo keinerlei Spur eines menschlichen Fußes sich fand. Legrand schritt entschlossen voran; nur hier und da hielt er einen Augenblick lang inne, um sich an gewissen Wegzeichen, die er sich allem Anschein nach bei einer früheren Gelegenheit geschaffen, zu orientieren.

Auf diese Weise setzten wir unseren Weg etwa zwei Stunden lang fort, und die Sonne wollte soeben untergehen, als wir in eine Gegend kamen, die noch unendlich viel öder war als alle, welche wir bis dahin gesehen hatten. Es war eine Art Tafelland nahe dem Gipfel eines fast unzugänglichen Berges, dicht bewaldet vom Fuß bis zur Spitze, dazwischen riesige Felsblöcke, die lose auf dem Boden zu liegen schienen und in vielen Fällen lediglich vom Halt der Bäume, an welche sie sich lehnten, daran gehindert wurden, in die Täler drunten hinabzustürzen. Tiefe Schluchten, in verschiedenen Richtungen, verliehen der Landschaft ein noch strengeres, ernsteres Gesicht.

Die natürliche Plattform, welche wir erklommen, war dicht mit Dornengestrüpp bewachsen, durch welches wir uns, so stellten wir bald fest, unmöglich ohne die Sense hätten einen Weg bahnen können; und auf Geheiß seines Herrn machte sich Jupiter also daran, für uns einen Pfad zum Fuße eines riesigen Tulpenbaumes freizulegen, welcher zusammen mit wohl acht oder zehn Eichen auf dem Plateau stand und sie sämtlich, wie auch alle anderen Bäume, die ich bis dahin je gesehen, durch die Schönheit von Laubwerk und Gestalt, durch die weite Ausbreitung seiner Zweige und durch die allgemeine Majestät seiner Erscheinung weit übertraf. Als wir diesen Baum erreicht hatten, wandte sich Legrand an Jupiter und fragte ihn, ob er glaube, da hinaufklettern zu können. Der alte Mann wirkte ein wenig betroffen ob dieser Frage, und eine Weile gab er keine Antwort. Schließlich trat er an den gewaltigen Stamm, schritt langsam um ihn herum und musterte ihn mit peinlicher Aufmerksamkeit. Als er mit seiner Untersuchung geendet, sagte er nur:

»Ja, Massa, Jup klettert auf jeden Baum, den er in sei'm Leben sieht.«

»Dann hinauf mit dir, so schnell wie möglich, denn bald wird es zu dunkel sein, um für unser Unternehmen noch genügend sehen zu können.«

»Wie weit muß ich rauf, Massa?« fragte Jupiter.

»Klettre zuerst den Hauptstamm hinauf, und dann werde ich dir sagen, wie es weitergeht – doch halt! – hier – nimm den Käfer mit.«

**128**

»De Käfer da, Massa Will! – de Goldkäfer da!« schrie der Neger und wich entsetzt zurück – »zu was muß 'n de Käfer da mit auf 'n Baum 'nauf? – Verd———t will 'ch sein, wenn 'ch 's mach!«

»Wenn du Angst hast, Jup, so ein großer starker Neger wie du, einen harmlosen kleinen toten Käfer anzufassen, nun, dann kannst du ihn an dieser Schnur mit hinaufnehmen – doch wenn du ihn nicht auf irgendeine Weise mit hinaufnimmst, so sehe ich mich leider gezwungen, dir mit dieser Schaufel den Schädel einzuschlagen.«

»Was is 'n nu los, Massa?« sagte Jup, Scham ließ ihn offenbar einlenken, »immer wollense gleich so 'n Krach mit 'm alten Nigger anfangn. Hab doch bloß Spaß gemach'. *Ich* un' Angst vor de Käfer da! 'ch mach mir nix draus, is mir egal, de Käfer da!« Damit nahm er vorsichtig das äußerste Ende des Strickes in die Hand, und indem er sich das Insekt so weit vom Leibe hielt, wie die Umstände dies zulassen wollten, schickte er sich an, den Baum zu erklettern.

In seiner Jugend hat der Tulpenbaum oder

*Liriodendron tulipiferum*, der prächtigste Baum der amerikanischen Wälder, einen ganz besonders glatten Stamm und wächst oft zu großer Höhe ohne Seitenäste; doch im reiferen Alter wird die Rinde knorrig und uneben, indessen viele kurze Äste aus dem Stamme herauswachsen. So war denn im gegenwärtigen Falle die Besteigung gar nicht so schwierig, wie es aussah. Indem Jupiter also den riesigen Zylinder so fest wie möglich mit Armen und Knien umklammerte, mit den Händen einige Vorsprünge ergriff und mit den nackten Zehen auf anderen Halt suchte, wand er sich schließlich, nachdem er ein- oder zweimal nur knapp dem Sturz in die Tiefe entgangen, in die erste große Gabelung hinauf und schien das ganze Unterfangen damit im wesentlichen für vollbracht zu halten. Tatsächlich war das *Risiko* der Heldentat nun vorüber, wenngleich sich der Kletterer etwa sechzig oder siebzig Fuß hoch über dem Boden befand.

»Wie nu weiter, Massa Will?« fragte er.

»Halte dich an den größten Ast – den auf dieser Seite«, sagte Legrand. Der Neger gehorchte unverzüglich und offenbar mit nur geringer Mühe; höher, immer höher stieg er hinauf, bis durch das dichte Laubwerk, das ihn umhüllte, von seiner gedrungenen Gestalt nichts mehr zu sehen war. Bald darauf hörten wir seine Stimme herunterschreien.

»Wie weit 'nauf noch?«

»Wie hoch bist du denn?« fragte Legrand.

»Schon sooo weit«, erwiderte der Neger; »kann 'n Himmel sehn oom durch 'n Baum.«

»Der Himmel soll dich nicht kümmern, sondern paß auf, was ich sage. Schau am Stamm hinunter und zähle die Hauptäste unter dir auf dieser Seite. An wie vielen Ästen bist du schon vorbei?«

»Eins, twei, drei, vier, fümf – an fümf groß'n Ästen vorbei, Massa, hier hüben.«

»Dann klettre noch einen Ast höher hinauf.« – Nach wenigen Minuten ließ sich die Stimme wieder hören, die uns verkündete, daß der siebente Ast erreicht sei.

»Und jetzt, Jup«, rief Legrand, sichtlich sehr erregt, »jetzt möchte ich, daß du auf dem Ast entlangkletterst, so weit vor du nur irgend kannst. Wenn dir irgend etwas Sonderbares auffällt, sag mir Bescheid.« Spätestens da schwand endgültig auch der letzte Zweifel, den ich an der Geistesgestörtheit meines armen Freundes noch gehegt haben mochte. Es blieb mir nichts weiter übrig, als zu dem Schlusse zu gelangen, daß er vom Wahnsinn befallen sei, und ernstlich sorgte ich mich nun, wie ich ihn wohl zur Heimkehr bewegen könne. Während ich noch darüber nachdachte, was wohl am besten zu tun sei, erscholl erneut Jupiters Stimme.

»Hab Angs, soo viel Angs, tu mich auf dem Ast hier nich serr weit vor trau'n – Ast is 'n gantes Stück morsch un' tot.«

»*Tot* hast du gesagt, der Ast ist *tot*, Jupiter?« schrie Legrand mit zitternder Stimme.

»Jawoll, Massa, is mausetot – res'los hinüber – da is kein Leem nich mehr drin.«

»Was um Himmels willen soll ich bloß tun?« fragte Legrand, anscheinend in größter Not.

»Tun!« sagte ich froh über die Gelegenheit, ein Wort einwerfen zu können, »nun, kommen Sie mit nach Haus und gehen Sie zu Bett. Kommen Sie doch – seien Sie vernünftig. Es wird schon spät, und im übrigen, denken Sie daran, was Sie versprochen haben.«

»Jupiter«, schrie er, ohne mich auch nur im mindesten zu beachten, »hörst du mich?«

»Ja, Massa Will, tu Ihn' deutlich hör'n.«

»Dann prüfe das Holz einmal genau mit deinem Messer und sieh nach, ob du meinst, es sei *sehr* morsch.«

»Is morsch, Massa, bestimmt«, erwiderte der Neger wenige Augenblicke später, »aber doch nich so serr morsch, als wie 's sein gekonnt. kann viellei' 'n Stückchen weiter auf 'm Ast, is wahr, ich alleine.«

»Du alleine! – was meinst du damit?«

»Na, ich mein de Käfer da. Is serr schwer, de Käfer da. Ich wer'n woll ers'mal runterfalln lassn, un' dann tut der Ast nich brechen, wenn bloß 's Gewicht von ein' Nigger drauf is.«

»Du infernalischer Schuft!« schrie Legrand, sichtlich erleichtert, »was kommst du mir mit solchem Unsinn? Wenn du den Käfer fallen läßt, brech ich dir das Genick, das schwör ich dir, Jupiter! Hörst du mich?«

»Ja, Massa, müssn arm Nigger nich gleich so anbrülln.«

»Na, schön! nun hör gut zu! – wenn du auf dem Ast da so weit vorrutscht, wie du es für sicher hältst, und dabei den Käfer nicht losläßt, schenke ich dir einen Silberdollar, sobald du wieder unten bist.«

»Bin schon, Massa Will – ja, wirklich«, erwiderte der Neger prompt, »bin fas' gan' draußen am Ende.«

»*Am Ende!*« Legrand kreischte nachgerade. »Willst du sagen, du bist am Ende des Astes?«

»Fas' am Ende, Massa – o-o-o-o-oh! Herrjemine! was is 'n das hier auf 'm Baum?«

»He!« schrie Legrand in höchstem Entzükken, »was ist da?«

»Ach, 's is nix als 'n Schädel – hat eins doch sein Kopp auf 'm Baum liegen lassn, un' de Krähn ha'm jed's bissel Fleisch davon runtergepickt.«

»Ein Schädel, sagst du! – sehr schön! – wie ist er am Ast befestigt? – Was hält ihn?«

»Gleich, Massa; muß ers' nachsehn. Na, das is ja 'ne serr komische Sach', wirklich – da is 'n großer dicker Nagel in dem Schädel da drin, der hält 'n fes' am Baum.«

»Also, Jupiter, jetzt tu genau, was ich dir sage – hörst du?«

»Ja, Massa.«

»Dann paß auf! – suche das linke Auge des Schädels.«

»Hum! Huh! das is gut! na, da is doch überhaup' kein Auge nich mehr da.«

»Du elender Dummkopf! weißt du, was rechts und links ist?«

»Ja, weiß ich – un' ob ich's weiß – links ist de Hand, wo 'ch holthacken tu.«

»Ganz recht! Du bist Linkshänder; und dein linkes Auge ist auf derselben Seite wie deine linke Hand. Nun, da kannst du doch, denke ich, das linke Auge im Schädel finden oder die Stelle, wo das linke Auge einmal gewesen ist. Hast du's?«

Hierauf gab es eine lange Pause. Endlich fragte der Neger:

»Is das linke Auge von dem Schädel da auch auf derselben Seite als de linke Hand von dem Schädel da? – weil der Schädel da nämlich überhaup' kein bissel Hand nich hat – aber is egal! Ich hab's linke Auge nu – hier isses linke Auge! was muß ich da nu mit machn?«

»Laß den Käfer hindurchfallen, so weit die Schnur reicht – aber sei vorsichtig und laß den Strick ja nicht los.«

»Is gemach', Massa Will; is ja nu kinderleichtich, de Käfer da durchs Loch zu stekken – guckn Se mal da unten!«

Während dieser Unterhaltung war von Jupiter selbst nichts zu sehen gewesen; doch der Käfer, welchen er herabgelassen hatte, ward jetzt am Ende der Schnur sichtbar und glitzerte wie eine Kugel aus glänzendem Golde in den letzten Strahlen der untergehenden Sonne, von welchen einige noch schwach die Anhöhe erhellten, auf der wir standen. Der Skarabäus hing gänzlich frei zwischen den Zweigen und wäre, hätte Jupiter ihn losgelassen, zu unseren Füßen niedergefallen. Sogleich ergriff Legrand die Sense und säuberte damit einen kreisrunden Platz von wohl drei oder vier Yards Durchmesser, genau unter dem Insekt, und als er damit fertig war, befahl er Jupiter, die Schnur loszulassen und von dem Baum herunterzukommen.

Nachdem mein Freund mit großer Sorgfalt genau an der Stelle, wo der Käfer heruntergefallen war, einen Pflock in den Boden geschlagen hatte, zog er nun aus seiner Tasche ein Bandmaß. Ein Ende davon befestigte er an jenem Punkte des Baumstammes, welcher dem Pflock am nächsten lag, rollte das Maß auf, bis es den Pflock erreichte, und rollte es von da in der Richtung, wie sie bereits von den beiden Polen, Baum und Pflock, festgelegt war, auf eine Länge von fünfzig Fuß weiter auf – während Jupiter das Dornengestrüpp mit der Sense abschlug. Auf dem so gewonnenen Flecken ward ein zweiter Pflock in den Boden getrieben und um diesen, als Zentrum, ein ungefährer Kreis von etwa vier Fuß Durchmesser beschrieben. Legrand ergriff nun selber einen Spaten, gab einen Jupiter und einen mir und bat uns, doch so schnell wir es vermochten, uns ans Graben zu machen.

Ehrlich gesagt, ich hatte noch niemals besonderen Geschmack an solcherart Zeitvertreib gefunden, und zumal in jenem Augenblick hätte ich am liebsten abgelehnt; denn es wollte schon Nacht werden, und ich fühlte mich von all der körperlichen Anstrengung, die ich schon geleistet hatte, doch recht erschöpft; aber ich sah keinen Weg, dem zu entgehen, und hatte Angst, durch eine Weigerung den Gleichmut meines armen Freundes noch mehr zu stören. Ja, wäre auf Jupiters Hilfe Verlaß gewesen, so hätte ich freilich nicht gezögert und den Versuch gewagt, den Wahnsinnigen mit Gewalt nach Hause zu schaffen; doch kannte ich die Gemütsart des alten Negers nur zu wohl, als daß ich hätte hoffen dürfen, er werde mir, unter welchen Umständen auch immer, in einer persönlichen Auseinandersetzung mit seinem Herrn beistehen. Ich zweifelte nicht daran, daß den letzteren eine der unzähligen, im Süden so verbreiteten abergläubischen Vorstellungen von einem vergrabenen Schatz befallen habe und daß seiner Phantasie durch den Fund des Skarabäus Bestätigung geworden, oder vielleicht gar durch die Hartnäckigkeit, mit welcher Jupiter behauptete, es sei ›ein Käfer aus echtem Gold‹. Ein Geist, der zum Wahnsinn neigt, ließe sich nur zu willig von solchen Einflüsterungen verleiten – noch dazu, wenn diese mit vorgefaßten Lieblingsideen übereinstimmten –, und dann rief ich mir auch ins

**138**

Gedächtnis zurück, wie der arme Kerl von dem Käfer als dem ›Wegweiser zu seinem Glück‹ gesprochen hatte. Dies alles verdroß und verwirrte mich gar sehr, doch endlich beschloß ich, aus der Not eine Tugend zu machen – mit aller Kraft zu graben und somit den Träumer nur um so eher durch den Augenschein zu überzeugen, wie irrig seine Ansichten seien.

Nachdem die Laternen angezündet waren, gingen wir alle mit einem Eifer ans Werk, welcher einer vernünftigeren Sache würdig gewesen wäre; und als das Licht auf unsere Gestalten und die Gerätschaften fiel, mußte ich unwillkürlich denken, welch eine malerische Gruppe wir doch bildeten und wie seltsam und verdächtig unsere Arbeit doch einem Eindringling erscheinen mußte, den der Zufall zu uns verschlagen hätte.

Zwei Stunden lang gruben wir ohne Unterlaß. Gesprochen wurde dabei nur wenig; und am meisten störte uns das Gekläff des Hundes, welcher an unserem Tun außerordentlich regen Anteil nahm. Schließlich vollführte er einen solchen Lärm, daß wir zu fürchten begannen, es könnten irgendwelche Landstreicher in der Gegend auf uns aufmerksam werden – oder vielmehr war dies Legrands Sorge – ich meinerseits wäre über jede Unterbrechung froh gewesen, die es mir vielleicht möglich gemacht hätte, den rastlosen Phantasten heimzuschaffen. Schließlich bereitete Jupiter dem Krach recht wirksam ein Ende, da er mit einer Miene verbissener Entschlossenheit aus dem Loche stieg, dem Tier mit einem seiner Hosenträger die Schnauze zuband und dann, unter tiefem Frohlocken, wieder an seine Arbeit zurückkehrte.

Als die erwähnte Zeit verstrichen war, hatten wir eine Tiefe von fünf Fuß erreicht, und doch zeigten sich noch keinerlei Anzeichen eines Schatzes. Darauf folgte eine allgemeine Pause, und ich begann schon zu hoffen, daß die Farce damit zu Ende sei. Legrand jedoch, wiewohl sichtlich verwirrt, wischte sich nachdenklich die Stirn und begann von neuem. Wir hatten den gesamten Kreis von vier Fuß Durchmesser ausgegraben und gingen nun daran, die Begrenzung ein wenig zu verbreitern und um noch zwei Fuß tiefer zu graben.

**140**

Doch noch immer kam nichts zum Vorschein. Schließlich kletterte der Goldsucher, den ich aufrichtig bedauerte, aus der Grube, bitterste Enttäuschung in jedem Zuge seines Gesichts, und schickte sich langsam und widerwillig an, seinen Rock wieder anzuziehen, den er zu Beginn der Arbeit abgelegt hatte. Während der ganzen Zeit unterließ ich jedwede Bemerkung. Auf ein Zeichen seines Herrn begann Jupiter die Werkzeuge einzusammeln. Als das getan und der Hund von seinem Maulkorb befreit war, wandten wir uns in tiefem Schweigen heimwärts.

Wir hatten vielleicht ein Dutzend Schritte in dieser Richtung getan, als Legrand mit lautem Fluch auf Jupiter zutrat und ihn am Kragen packte. Der verblüffte Neger riß Mund und Augen auf, so weit er es nur vermochte, ließ die Spaten fallen und sank in die Knie.

»Du Schurke«, sagte Legrand, wobei er die Silben zwischen zusammengepreßten Zähnen hervorzischte – »du infernalischer schwarzer Halunke! – sprich, ich sage dir! – antworte mir auf der Stelle, ohne Ausflüchte! – welches – welches ist dein linkes Auge?«

»Oh, verflicks', Massa Will! Is das hier nich bestimm' mein linkes Auge?« brüllte der entsetzte Jupiter und legte die Hand auf sein *rechtes* Sehorgan, wo er sie mit verzweifelter Hartnäckigkeit liegenließ, wie wenn er fürchtete, sein Herr würde es ihm im nächsten Augenblick ausquetschen.

»Hab ich mir's doch gedacht! – Wußte ich's doch! – hurra!« schrie Legrand, ließ den Neger los und vollführte eine Reihe von Luftsprüngen und Drehungen, sehr zur Verblüffung seines Dieners, welcher sich von den Knien erhob und stumm von seinem Herrn zu mir und dann wieder von mir zu seinem Herrn blickte. »Los! wir müssen zurück«, sagte der letztere, »das Spiel ist noch nicht verloren«; und abermals schritt er auf dem Weg zum Tulpenbaum voran.

»Jupiter«, sagte er, als wir den Fuß des Baumes erreichten, »komm her! – wie war der Schädel an den Ast genagelt, mit dem Gesicht nach außen oder dem Aste zu?«

»'s Gesich' war außen, Massa, so daß die

Krähn gut ran konnten an de Augen, ohne weitres.«

»Also schön, und durch welches Auge hast du dann den Käfer heruntergelassen, dies hier oder das da?« – hierbei berührte Legrand erst das eine, dann das andere von Jupiters Augen.

»'s war das Auge, Massa – das linke Auge – genau wie 's ham gesacht«, und da war es sein rechtes Auge, auf das der Neger zeigte.

»Das genügt – wir müssen es noch einmal versuchen.«

Damit versetzte mein Freund, an dessen Wahnsinn ich nun gewisse Anzeichen einer Methode erkannte oder zu erkennen meinte, den Pflock, welcher die Stelle markierte, wo der Käfer heruntergefallen war, an eine Stelle, die etwa drei Zoll westlich der früheren lag. Als er nun wie zuvor das Bandmaß vom nächsten Punkt des Stammes zu dem Pflock auszog und es dann in einer Geraden auf die Länge von fünfzig Fuß ausrollte, war eine Stelle bezeichnet, die um mehrere Yards von dem Punkte entfernt lag, an welchem wir gegraben hatten.

Um diese Position ward nun ein Kreis, etwas größer als vorher, beschrieben, und abermals gingen wir mit dem Spaten an die Arbeit. Ich war furchtbar müde, doch ohne daß ich so recht verstanden hätte, was meinen Sinneswandel bewirkt, verspürte ich gar keine große Abneigung mehr gegen die mir auferlegte Arbeitsmüh. Auf ganz unerklärliche Weise war in mir Interesse – nein, geradezu Begeisterung geweckt. Vielleicht lag da etwas in dem ganzen überspannten Gebaren Legrands – etwas wie Vorbedacht oder Überlegung, das mich beeindruckte. Ich grub voller Eifer, und hin und wieder ertappte ich mich dabei, wie ich doch tatsächlich – und das sah schon sehr wie Erwartung aus – nach dem vermeintlichen Schatze Ausschau hielt, dessen Vision meinem unglücklichen Gefährten den Geist verwirrt hatte. Zu einer Zeit nun, da solche Phantastereien ganz und gar von mir Besitz ergriffen hatten und da wir wohl schon anderthalb Stunden am Werke waren, unterbrach uns abermals das wütende Geheul des Hundes. Im ersten Fall war seine Unruhe offenbar nur einer Laune oder Verspieltheit

**144**

entsprungen, jetzt aber schlug er einen bitteren und ernsten Ton an. Gegen Jupiters erneuten Versuch, ihm einen Maulkorb anzulegen, wehrte er sich wütend, sprang in das Loch hinab und wühlte wie wild mit den Pfoten die Erde auf. In wenigen Sekunden hatte er eine Menge menschlicher Gebeine aufgedeckt, die zwei vollständige Skelette bildeten, dazwischen lagen mehrere Metallknöpfe und etwas, das wie der Staub von verrottetem Wollstoff aussah. Ein oder zwei Spatenstiche förderten die Klinge eines großen spanischen Dolches zutage, und als wir weitergruben, kamen drei oder vier lose Gold- und Silbermünzen ans Licht.

Bei deren Anblick vermochte Jupiter seine Freude kaum noch zu zügeln, die Miene seines Herrn aber verriet maßlose Enttäuschung. Er drängte uns jedoch, unsere Bemühungen fortzusetzen, und kaum waren die Worte über seine Lippen, als ich strauchelte und vornüber fiel, weil ich mich mit der Stiefelspitze in einem großen Eisenring verfangen hatte, der halb im lockeren Erdreich begraben war.

Nun arbeiteten wir voller Eifer, und noch nie habe ich zehn aufregendere Minuten erlebt. In dieser Zeit hatten wir dann gänzlich eine längliche Holzkiste freigelegt, die, ihrer vollkommenen Erhaltung und wunderbaren Härte nach zu schließen, offensichtlich einem Mineralisierungsprozeß unterworfen gewesen – vielleicht durch das Bichlorid des Quecksilbers. Diese Kiste war dreieinhalb Fuß lang, drei Fuß breit und zweieinhalb Fuß tief. Sie war mit schmiedeeisernen Bändern fest gesichert, die, vernietet, das Ganze wie eine Art Gitterwerk umgaben. Auf beiden Seiten der Kiste, nahe dem Deckel, befanden sich drei Eisenringe – sechs insgesamt –, daran sechs Personen gut anfassen konnten. Unsere vereinten, aufs äußerste angespannten Anstrengungen erreichten lediglich, die Truhe um ein weniges nur aus ihrer Lage zu verrücken. Wir erkannten sogleich die Unmöglichkeit, eine so große Last wegzuschaffen. Zum Glück bestand der einzige Verschluß des Deckels aus zwei Gleitriegeln. Diese zogen wir zurück – zitternd und keuchend vor Verlangen. Im nächsten Augenblick lag ein Schatz von unschätzbarem Werte gleißend vor uns. Als die Strahlen der Laternen in das Loch fielen, blitzte aus einem wirren Haufen von Gold und Juwelen eine Glitzerglut herauf, die unsere Augen vollkommen blendete.

Ich maße mir nicht an, die Gefühle beschreiben zu wollen, mit denen ich darauf starrte. Äußerstes Erstaunen herrschte natürlich vor. Legrand wirkte vor Erregung ganz erschöpft und sprach kaum. Jupiters Miene verfärbte sich minutenlang zu so tödlicher Blässe, wie sie nach der Natur der Dinge ein Negergesicht nur anzunehmen vermag. Er schien benommen – wie vom Donner gerührt. Bald darauf fiel er in dem Loche auf die Knie, vergrub seine nackten Arme bis zu den Ellenbogen in Gold und ließ sie darin, ganz als genieße er den Luxus eines Bades. Endlich rief er mit einem tiefen Seufzer, wie im Selbstgespräche, aus: »Un' das is alles von de Goldkäfer da gekomm'! de hübsche Goldkäfer! das arme kleine Goldkäferchen, wo 'ch so wüst beschimpf' hab! Schäms' dich gar nich, Nigger? – Nu sach schon!«

**147**

Zu guter Letzt mußte ich Herrn wie Diener wachrütteln, daß es doch ratsam sei, den Schatz fortzuschaffen. Es wurde schon spät, und es galt nun, sich alle Mühe zu geben, um noch vor Tagesanbruch alles in Sicherheit zu bringen. Was zu tun sei, war schwer zu sagen; und viel Zeit ging über der Beratung dahin – so wirr waren unser aller Gedanken. Schließlich erleichterten wir die Kiste dadurch, daß wir zwei Drittel ihres Inhalts herausnahmen, worauf wir imstande waren, sie mit einiger Mühe aus dem Loch zu heben. Die entnommenen Gegenstände verbargen wir unter dem Dornengestrüpp und ließen als Wache den Hund zurück, welcher von Jupiter den strikten Befehl erhielt, sich unter gar keinem Vorwande etwa von der Stelle zu rühren noch das Maul aufzumachen, bis wir wiederkämen. Dann begaben wir uns in aller Eile mit der Kiste auf den Heimweg; die Hütte erreichten wir wohlbehalten, doch nach entsetzlicher Mühe um ein Uhr morgens. Erschöpft, wie wir waren, lag es nicht in der menschlichen Natur, sogleich Weiteres zu unternehmen. So ruhten wir denn bis zwei Uhr aus und aßen zur

**148**

Nacht; gleich darauf brachen wir wieder zu den Hügeln auf, ausgerüstet mit drei derben Säcken, die sich zum Glück auf dem Anwesen gefunden hatten. Kurz vor vier langten wir wieder bei der Grube an, teilten den Rest der Beute so gleichmäßig wie möglich unter uns auf, ließen die Löcher offen und machten uns wieder nach der Hütte auf, wo wir zum zweiten Mal unsere goldene Last abluden, gerade als die ersten Streifen der Morgendämmerung über den Baumwipfeln im Osten aufleuchteten.

Wir waren nun gänzlich erschöpft; doch die starke Anspannung ließ uns keine Ruhe finden. Nach einem unruhigen Schlummer von etwa drei oder vier Stunden Dauer erhoben wir uns wie auf Verabredung, um unseren Schatz zu begutachten.

Die Kiste war bis zum Rand voll gewesen, und wir brachten den ganzen Tag und den größten Teil der folgenden Nacht damit zu, ihren Inhalt gründlich in Augenschein zu nehmen. Eine gewisse Ordnung etwa oder Verteilung war nicht zu erkennen gewesen. Alles war wahllos aufeinandergehäuft. Als wir alles sorgfältig sortiert hatten, fanden wir uns im Besitze eines sogar noch größeren Reichtums, als wir zunächst angenommen. An gemünztem Gelde lagen weit über vierhundertfünfzigtausend Dollar vor uns – wenn man den Wert der Stücke so exakt wie möglich nach den derzeit geltenden Tabellen schätzte. Nicht das kleinste Stückchen Silber war darunter. Alles pures Gold aus alter Zeit und von großer Mannigfalt – französisches, spanisches und deutsches Geld, dazu ein paar englische Guineen und einige Stücke, dergleichen wir noch nie erblickt. Da waren mehrere sehr große und schwere Münzen, die so abgegriffen waren, daß wir ihre Inschriften nicht mehr erkennen konnten. Amerikanisches Geld fand sich nicht dabei. Den Wert der Juwelen zu schätzen erwies sich als schwieriger. Da gab es Diamanten – einige von ihnen über die Maßen groß und schön – einhundertzehn insgesamt, und nicht einer davon war klein; achtzehn Rubine von bemerkenswertem Glanze; dreihundertzehn Smaragde, alle wunderschön; und einundzwanzig Saphire, dazu ein Opal. Diese Steine waren sämtlich aus den

Fassungen gebrochen und lose in die Kiste geworfen worden. Die Einfassungen selber, die wir aus dem übrigen Golde herausklaubten, sahen aus, als wären sie mit Hämmern zerschlagen worden, damit sie nicht mehr wiederzuerkennen wären. Zu alledem kam noch eine gewaltige Menge gediegenen Goldschmucks: nahezu zweihundert massive Finger- und Ohrringe; kostbare Ketten – dreißig, wenn ich mich recht entsinne; dreiundachtzig sehr große und schwere Kruzifixe; fünf goldene Weihrauchgefäße von hohem Wert; eine ungeheure goldene Punschbowle, verziert mit zisiliertem Weinlaub und bacchantischen Gestalten; überdies zwei köstlich gebosselte Schwertgriffe, und noch viele andere kleinere Gegenstände, an die ich mich nicht mehr erinnern kann. Das Gewicht dieser Kostbarkeiten betrug über dreihundertundfünfzig Pfund Handelsgewicht; und in diese Schätzung habe ich noch nicht einmal einhundertsiebenundneunzig prächtige goldene Uhren eingeschlossen; darunter drei, von denen jede mindestens fünfhundert Dollar wert war. Viele von ihnen waren sehr alt und als Zeitmesser wertlos; hatten doch die Werke mehr oder weniger unter Korrosion gelitten – doch alle waren sie reich mit Steinen besetzt und steckten in Gehäusen von hohem Wert. Wir schätzten den gesamten Inhalt der Kiste in jener Nacht auf anderthalb Millionen Dollar; und bei dem späteren Verkauf des Geschmeides und der Juwelen (ein paar behielten wir zum eigenen Gebrauch) stellte sich heraus, daß wir den kostbaren Fund noch bei weitem unterschätzt hatten.

Als wir schließlich unsere Sichtung beendet hatten und die damalige gespannte Erregung sich einigermaßen gelegt hatte, unternahm es Legrand, der wohl sah, daß ich vor Ungeduld beinahe verging, die Lösung dieses so außerordentlichen Rätsels zu erfahren, alle damit verbundenen Umstände ausgiebig und im Detail zu schildern.

»Sie erinnern sich doch«, sagte er, »an jenen Abend, da ich Ihnen die grobe Skizze gab, die ich von dem Skarabäus gemacht hatte. Auch können Sie sich wohl noch besinnen, daß es mich ziemlich verdroß, als Sie darauf beharrten, meine Zeichnung ähnele einem Totenkopfe. Zunächst, als Sie diese Behauptung aufstellten, hielt ich es für einen Scherz; doch später fielen mir die sonderbaren Flecke auf dem Rücken des Insekts ein, und ich mußte bei mir zugeben, daß Ihre Bemerkung tatsächlich nicht ganz unbegründet sei. Dennoch ärgerte mich, wie Sie über meine zeichnerischen Fähigkeiten spotteten – denn ich gelte für einen recht guten Künstler –, und so wollte ich den Pergamentfetzen, als Sie ihn mir zurückgaben, schon zusammenknüllen und wütend ins Feuer werfen.«

»Den Papierfetzen, meinen Sie«, sagte ich.

»Nein; es sah zwar ganz wie Papier aus, und zuerst hielt ich es auch dafür, doch als ich darauf zu zeichnen begann, merkte ich sofort, daß es ein Stück sehr dünnen Pergamentes war. Es war recht schmutzig. Sie erinnern sich. Nun gut, als ich eben drauf und dran war, es zusammenzuknüllen, fiel mein Blick auf die Skizze, welche Sie sich angesehen hatten, und Sie können sich wohl meine Verblüffung vorstellen, als ich doch wahrhaftig die Abbildung eines Totenkopfes gerade da erblickte, wo ich meines Wissens den Käfer gezeichnet hatte. Einen Augenblick lang war ich viel zu verwirrt, um richtig denken zu können. Ich wußte, daß meine Zeichnung im einzelnen von dieser ganz und gar verschieden war – obgleich im allgemeinen Umriß eine gewisse Ähnlichkeit bestand. So nahm ich denn eine Kerze, setzte mich ans andere Ende des Raumes und ging daran, das Pergament genauer zu untersuchen. Als ich es umdrehte, sah ich auf der Rückseite meine eigene Skizze, ganz so, wie ich sie gemacht hatte. Mein erster Gedanke war nun nichts als Überraschung ob der wirklich bemerkenswerten Ähnlichkeit im Umriß – ob der einzigartigen Koinzidenz, wie sie sich in dem Umstand fand, daß auf der anderen Seite des Pergamentes, ohne daß ich es wußte, genau unter meiner Zeichnung des Skarabäus ein Schädel gewesen sein sollte und daß dieser Schädel nicht nur im Umriß, sondern auch in der Größe meiner Skizze so ungemein ähnlich war. Wie gesagt, die Einzigartigkeit dieses Zusammentreffens betäubte mich geradezu. Das ist gewöhnlich die Wir-

**154**

kung solcher Koinzidenzen. Der Geist müht sich ab, einen Zusammenhang herzustellen – eine Folge von Ursache und Wirkung –, und wenn er dazu nicht imstande ist, befällt ihn so etwas wie eine zeitweilige Lähmung. Doch als ich mich von dieser Betäubung erholte, dämmerte mir allmählich eine Überzeugung, die mich weit mehr noch bestürzte als die Koinzidenz. Ich begann mich deutlich, ja mit Bestimmtheit zu erinnern, daß *keinerlei* Zeichnung auf dem Pergament gewesen war, als ich meinen Skarabäus darauf skizziert hatte. Ich war mir dessen vollkommen gewiß; denn ich entsann mich, wie ich das Pergament zuerst auf die eine und dann die andere Seite gewendet hatte, um die sauberste Stelle zu suchen. Wäre der Schädel da bereits darauf gewesen, so hätte ich ihn doch gar nicht übersehen können. Hier stand ich tatsächlich vor einem Rätsel, welches ich nicht zu erklären vermochte; doch selbst damals schon war es mir, als glimme, glühwürmchengleich, in den entlegensten und geheimsten Kammern meines Verstandes eine undeutliche Vorstellung jener Wahrheit auf, wie sie das Abenteuer der

**155**

vergangenen Nacht aufs glänzendste bewiesen hat. Sogleich erhob ich mich und verwahrte das Pergament sicher und verschob alles weitere Nachdenken, bis ich allein wäre.

Als Sie gegangen waren und Jupiter fest schlief, widmete ich mich einer methodischeren Untersuchung der Angelegenheit. Zuerst einmal überlegte ich, auf welche Art und Weise das Pergament in meinen Besitz gelangt war. Die Stelle, wo wir den Skarabäus entdeckt hatten, lag an der Küste des Festlands, etwa eine Meile östlich der Insel und nur wenig über der Hochwassermarke. Als ich nach dem Käfer griff, biß er mich recht heftig, worauf ich ihn fallen ließ. Ehe nun Jupiter das Insekt anfaßte, das auf ihn zugeflogen war, sah er sich mit der ihm eigenen Vorsicht nach einem Blatt oder dergleichen um, womit er zufassen könne. In dem Augenblicke war es nun, daß sein Blick wie auch der meine auf das Stückchen Pergament fiel, das ich damals für Papier hielt. Es lag halb im Sande vergraben, nur eine Ecke ragte hervor. Nahe der Stelle, wo wir dies fanden, bemerkte ich die Überre-

**156**

ste dessen, was einstmals offenbar den Rumpf einer Pinasse vorgestellt hatte. Das Wrack schien bereits sehr, sehr lange dort gelegen zu haben; denn eine Ähnlichkeit mit Bootsspanten war kaum noch zu erkennen.

Na schön, Jupiter hob also das Pergament auf, wickelte den Käfer hinein und gab ihn mir. Bald darauf machten wir uns auf den Heimweg und trafen unterwegs Lieutenant G––. Ich zeigte ihm das Insekt, und er bat, es mit zum Fort nehmen zu dürfen. Auf meine Zusage hin steckte er es sogleich in seine Westentasche, ohne das Pergament, in welches es eingewickelt gewesen und das ich in der Hand behalten hatte, während er den Käfer gemustert. Vielleicht fürchtete er, ich könnte mich anders besinnen, und hielt es für das beste, sich der Beute umgehend zu versichern – Sie wissen ja, wie sehr er sich für alles begeistert, was mit Naturgeschichte zusammenhängt. Zur gleichen Zeit muß ich, ohne daß es mir bewußt gewesen wäre, das Pergament mir in die eigene Tasche gesteckt haben.

Sie erinnern sich wohl, als ich an den Tisch

trat, um von dem Käfer eine Skizze anzufertigen, fand ich dort, wo es gewöhnlich lag, kein Papier. Ich schaute in die Schublade und fand auch da keines. darauf suchte ich in meinen Taschen in der Hoffnung, einen alten Brief dort zu haben – und da stieß meine Hand auf das Pergament. Ich schildere Ihnen derart genau, auf welche Weise es in meinen Besitz gelangt, denn die Umstände haben sich mir besonders nachhaltig eingeprägt.

Zweifellos werden Sie nun glauben, meine Phantasie sei recht lebhaft – doch hatte ich bereits eine Art *Zusammenhang* hergestellt. Zwei Glieder einer großen Kette hatte ich miteinander verbunden. An einer Meeresküste lag ein Boot, und nicht weit von dem Boot fand sich ein Pergament – *kein Papier* – mit dem Bilde eines Schädels darauf. Natürlich werden Sie fragen: ›Wo ist da der Zusammenhang?‹ Darauf erwidere ich, daß der Schädel oder Totenkopf das wohlbekannte Zeichen der Piraten ist. Bei allen Gefechten wird die Flagge mit dem Totenkopf gehißt. Wie gesagt, der Fetzen war Pergament und nicht Papier. Pergament ist dauerhaft – beinahe unzerstör-

**158**

bar. Unwichtige Angelegenheiten werden wohl kaum Pergament anvertraut; denn zu den bloß gewöhnlichen Zwecken des Schreibens oder Zeichnens eignet es sich nicht annähernd so gut wie Papier. Diese Erwägung legte den Schluß nahe, mit dem Totenkopf habe es etwas auf sich – etwas von großem Belang. Auch versäumte ich nicht, auf die *Form* des Pergaments genau zu achten. Obschon eine seiner Ecken durch irgendeinen Zufall zerstört worden war, konnte man doch noch erkennen, daß die ursprüngliche Form länglich gewesen. Ja, es war genau ein solcher Streifen, wie man ihn für ein Merkzeichen wählen würde – für die Aufzeichnung einer Sache, welche lang in Erinnerung bleiben und also sorgfältig aufbewahrt werden soll.«

»Aber«, warf ich ein, »Sie sagen doch, der Schädel sei *gar nicht* auf dem Pergament gewesen, als Sie den Käfer zeichneten. Wie kommen Sie dann auf einen Zusammenhang zwischen dem Boot und dem Schädel – da letzterer ja, wie Sie selber zugeben, erst zu einem späteren Zeitpunkt gezeichnet worden sein muß (Gott allein weiß, wie oder von wem), also *nach* Ihrem Skarabäus?«

»Ah, darum dreht sich ja das ganze Geheimnis; wenngleich mir in diesem Punkte die Lösung verhältnismäßig wenig Mühe bereitete. Meine Schritte waren sicher und konnten nur ein einziges Ergebnis zeitigen. Zum Beispiel bewegten sich meine Gedanken in folgender Richtung: Als ich den Skarabäus zeichnete, war auf dem Pergament keinerlei Schädel sichtbar. Als ich die Zeichnung beendet hatte, überließ ich sie Ihnen und beobachtete Sie aufmerksam, bis Sie mir diese zurückgaben. *Sie* haben also den Schädel nicht gezeichnet, und sonst war niemand da, der es hätte tun können. So war es also nicht durch menschliches Tun geschehen. Und dennoch war es geschehen.

Als meine Überlegungen so weit gediehen waren, versuchte ich, mich an jeden Vorfall innerhalb des fraglichen Zeitraumes zu erinnern, was mir auch in aller Deutlichkeit gelang. Es war kaltes Wetter gewesen (oh, welch seltener und glücklicher Zufall!), und ein Feuer brannte im Herde. Ich war erhitzt von körperlicher Anstrengung und saß am Tisch. Sie hatten sich jedoch einen Stuhl nahe ans Feuer gerückt. Gerade, als ich Ihnen das Pergament in die Hand gedrückt hatte und Sie darin begriffen waren, es zu betrachten, kam Wolf, der Neufundländer, herein und sprang an Ihnen hoch. Mit der linken Hand streichelten Sie ihn und wehrten ihn ab, während Sie Ihre rechte, die das Pergament hielt, unachtsam zwischen den Knien herunterhängen ließen, in nächster Nähe zum Feuer. Einmal dachte ich schon, es hätte Feuer gefangen, und wollte Sie schon zur Vorsicht mahnen, doch noch ehe ich etwas sagen konnte, hatten Sie es zurückgezogen und sich in seine Betrachtung vertieft. Als ich nun all diese Einzelheiten bedachte, zweifelte ich nicht einen Augenblick, daß *Hitze* als die Kraft gewirkt, welche auf dem Pergament den Schädel, welchen ich darauf abgebildet fand, ans Licht gebracht hatte. Ihnen ist sicher bekannt, daß es chemische Präparate gibt und seit undenklichen Zeiten gegeben hat, mit deren Hilfe es möglich ist, so auf Papier oder Velin zu schreiben, daß die Schriftzeichen nur dann sichtbar werden, wenn man sie der Einwirkung von Feuerhitze aussetzt. Zaffer, in *aqua regia* digeriert und mit der vierfachen Gewichtsmenge Wasser verdünnt, wird manchmal verwendet; das ergibt eine grüne Tinte. Löst man Kobaltregulus in Salpetergeist, erhält man eine rote. Diese Farben verschwinden nach längerer oder kürzerer Zeit, wenn das so beschriebene Material abkühlt, werden aber bei neuerlicher Erhitzung wieder sichtbar.

Nun untersuchte ich den Totenkopf mit großer Sorgfalt. Seine Begrenzungslinien – also die Linien der Zeichnung, welche dem Rande des Velins am nächsten lagen – waren weit *deutlicher* als die anderen. Es zeigte klar, daß die Wärmeeinwirkung unvollkommen oder ungleichmäßig gewesen war. Ich entfachte sogleich ein Feuer und setzte jeden Teil des Pergaments glühender Hitze aus. Zunächst bestand die Wirkung einzig darin, daß die schwachen Linien des Schädels stärker hervortraten; doch als ich in dem Experiment beharrlich fortfuhr, wurde in der Ecke des Streifens, welcher der Stelle, da der Totenkopf gezeichnet war, diagonal gegenüberlag, eine Gestalt sichtbar, die ich zunächst für eine Ziege hielt. Bei näherer Betrachtung gewann ich aber die Überzeugung, daß es ein Zicklein, ein Kitz, sein sollte.«

»Ha! ha!« sprach ich, »gewiß habe ich kein Recht, Sie auszulachen – anderthalb Millionen sind eine viel zu ernste Sache, um darüber zu spaßen –, aber Sie wollen doch nicht etwa ein drittes Glied in Ihrer Kette einführen – Sie wollen doch wohl nicht eine besondere Beziehung zwischen Ihren Piraten und einer Ziege herstellen – Piraten haben, wie Ihnen bekannt sein dürfte, mit Ziegen gar nichts zu tun; für die sind wohl doch die Landwirte zuständig.«

»Aber ich habe ja gerade gesagt, daß die Figur *keine* Ziege war.«

»Na schön, dann eben ein Ziegenkitz – das dürfte ja wohl so ziemlich dasselbe sein.«

»Ziemlich, aber eben nicht ganz«, sagte Legrand. »Vielleicht haben Sie schon von einem gewissen *Kapitän Kidd*[1] gehört. Ich habe in der Gestalt des Tieres gleich eine Art wort-

1  kid: engl., Kitz, Zicklein. – *Anm. d. Übers.*

spielerischer oder hieroglyphischer Unterschrift gesehen. Ich sage Unterschrift; weil die Lage auf dem Velin diesen Gedanken nahelegte. Der Totenkopf in der diagonal gegenüberliegenden Ecke sah auf ebensolche Art wie ein Stempel oder Siegel aus. Aber was so gar nicht in mein Konzept passen wollte, war, daß alles andere fehlte – der Hauptinhalt meines vermeintlichen Dokuments – der Text zu meinem Kontext.«

»Sie erwarteten wohl, zwischen Stempel und Unterschrift einen Brief zu finden.«

»Irgend etwas der Art. Tatsache ist, ich fühlte mich unwiderstehlich durchdrungen von einer Vorahnung kommenden großen Glücks. Warum, vermag ich kaum zu sagen. Vielleicht war es letzten Endes eher ein Wunsch denn wirklicher Glaube – aber wissen Sie, daß Jupiters albernes Gerede, der Käfer bestehe aus massivem Gold, eine bemerkenswerte Wirkung auf meine Phantasie hatte? Und dann diese Reihe von Zufällen und Koinzidenzen – dies alles war so *höchst* außergewöhnlich. Ist Ihnen aufgefallen, welch großer Zufall es war, daß sich all diese Ereignisse

**164**

gerade an dem *einzigen* Tag des ganzen Jahres zutrugen, an dem es bisher kühl genug gewesen war oder gewesen sein mochte, um Feuer zu machen, und daß ohne das Feuer oder ohne das Dazwischenkommen des Hundes in eben genau dem Augenblick, da er erschien, ich niemals des Totenkopfes ansichtig und somit auch nie Besitzer des Schatzes geworden wäre?«

»Fahren Sie doch fort – ich brenne vor Ungeduld.«

»Nun gut; Sie haben natürlich von den vielen Geschichten gehört, die da im Gange – den tausend vagen Gerüchten, die da im Schwange, daß Kidd und seine Spießgesellen irgendwo an der atlantischen Küste Geld vergraben haben sollen. Diese Gerüchte nun müssen irgendwie auf Tatsachen beruhen. Und daß die Gerüchte sich schon so lange und so ausdauernd halten, konnte, wie mir schien, einzig von dem Umstande herrühren, daß der vergrabene Schatz *noch immer* in der Erde lag. Hätte Kidd seine Beute eine Zeitlang versteckt und sich später wiedergeholt, so wären die Gerüchte wohl kaum in ihrer gegenwärtigen, unveränderten Form zu uns gedrungen. Es wird Ihnen nicht entgangen sein, daß in all den Geschichten einzig von Schatzsuchern die Rede ist, nicht aber von glücklichen Findern. Hätte der Pirat sein Geld wieder an sich gebracht, dann wäre es ruhig um die Sache geworden. Mir wollte scheinen, daß irgendein Zufall – etwa der Verlust eines Merkzeichens, in welchem die genaue Stelle angegeben – ihn der Mittel beraubt habe, den Schatz wieder zu bergen, und daß dieser Zufall seinen Gefolgsleuten zu Ohren gekommen sein muß, die sonst wohl nie etwas davon erfahren hätten, daß überhaupt ein Schatz versteckt worden war, und die durch ihre vergeblichen, weil aufs Geratewohl unternommenen Versuche, diesen wiederzufinden, die Geschichten überhaupt erst in die Welt und dann allgemein in Umlauf gesetzt hatten, die heute so verbreitet sind. Haben Sie je davon gehört, daß entlang der ganzen Küste irgendein bedeutender Schatz gehoben worden wäre?«

»Nie.«

»Doch alle Welt weiß, daß Kidd ungeheure Reichtümer angehäuft hatte. Ich nahm es daher für erwiesen an, daß die Erde sie noch immer barg; und es wird Sie nun kaum überraschen, wenn ich Ihnen sage, daß ich Hoffnung, ja fast Gewißheit verspürte, das Pergament, welches auf so seltsame Weise sich fand, enthalte das einst verlorengegangene Dokument über den Ort des Verstecks.«

»Doch wie sind Sie denn nun vorgegangen?«

»Ich hielt das Velin noch einmal ans Feuer, nachdem ich es zu größerer Hitze entfacht hatte; doch nichts zeigte sich. Da kam mir der Gedanke, meine Erfolglosigkeit könne möglicherweise an dem Schmutzüberzug liegen; also spülte ich sorgfältig das Pergament ab, indem ich warmes Wasser darüber goß, und als dies getan war, legte ich es in eine Zinnpfanne, den Schädel nach unten, und stellte die Pfanne auf ein Holzkohlenfeuer. Nach wenigen Minuten, als die Pfanne gründlich erhitzt war, nahm ich den Streifen heraus und fand ihn zu meiner unaussprechlichen Freude an mehreren Stellen gesprenkelt; es sah aus wie in Reihen angeordnete Figuren. Noch einmal legte ich also das Pergament in die

Pfanne und ließ es eine weitere Minute darin. Als ich es dann wieder herausnahm, sah das Ganze so aus, wie Sie es jetzt hier sehen.«

Damit reichte mir Legrand das Pergament, welches er erneut erhitzt hatte, zur Ansicht. Zwischen dem Totenkopf und der Ziege standen mit roter Farbe in ungelenker Schrift die folgenden Charaktere geschrieben:

```
53‡‡†305))6*;4826)4‡.)4‡);806*;4
8†8¶60))85;;]8*;:‡*8†83(88)
5*†;46(;88*96*?;8)*‡(;485);5*
†2:*‡(;4956*2(5*−4)8¶8*;4069
285);)6†8)4‡‡;1(‡9;48081;8:8
‡1;48†85;4)485†528806*81(‡9;
48;(88;4(‡?34;48)4‡;161;:188;‡?;
```

»Aber«, sagte ich und gab ihm den Streifen zurück, »ich tappe noch genauso im dunkeln wie zuvor. Und warteten meiner auch all die Juwelen von Golkonda bei der Lösung dieses Rätsels, bei Gott, ich vermöchte es nicht, sie mir zu verdienen.«

»Und dennoch«, sagte Legrand, »ist die Lösung keineswegs so schwierig, wie Sie Ihnen nach dem ersten flüchtigen Blick auf die Zeichen vorkommen mag. Diese Charaktere bilden, wie jedermann leicht erraten mag, eine Geheimschrift – das heißt, sie haben eine Bedeutung; doch nach allem, was man von Kidd weiß, konnte ich mir nicht vorstellen, daß er sich auf das Ausklügeln besonders raffinierter Chiffren verstanden hätte. Ich stellte mich also von vornherein darauf ein, daß diese hier zu der simpleren Sorte gehöre – freilich aber so beschaffen sei, daß sie primitivem Seemannsverstand ohne den Schlüssel gänzlich unlösbar erscheinen mußte.«

»Und Sie haben sie tatsächlich entschlüsselt?«

»Ohne weiteres; habe ich doch schon ganz andere Chiffren aufgelöst, die zehntausendmal komplizierter verschlüsselt waren. Die Umstände und eine gewisse geistige Neigung haben mich an derlei Rätselspielen Gefallen finden lassen, und es darf bezweifelt werden, ob menschlicher Scharfsinn überhaupt ein Rätsel der Art zu ersinnen vermag, welches nicht menschlicher Scharfsinn, mit gehörigem Fleiße, zu lösen vermöchte. Ja, als ich erst einmal zusammenhängende und lesbare

**169**

Charaktere festgestellt hatte, wandte ich kaum einen Gedanken auf die bloße Schwierigkeit, ihren Sinn zu erschließen.

Im vorliegenden Falle – ja, in allen Fällen von Geheimschrift – gilt die erste Frage der *Sprache*, in der sie abgefaßt ist; denn die Prinzipien der Lösung hängen, besonders was die simpleren Chiffren angeht, vom Geist ab, welcher dem jeweiligen Idiom eigentümlich, und ändern sich entsprechend. Im allgemeinen gibt es nun keine andere Möglichkeit, als (geleitet von Wahrscheinlichkeiten) sämtliche Sprachen durchzuprobieren, die dem, welcher die Lösung unternimmt, geläufig sind, bis die richtige gefunden ist. Doch bei der Chiffre, die wir hier vor uns haben, sind wir durch die Unterschrift aller Schwierigkeit enthoben. Das Wortspiel mit dem Namen ›Kidd‹ ist in keiner anderen Sprache denn der englischen verständlich. Wäre diese Erwägung nicht gewesen, hätte ich es zunächst mit Spanisch und Französisch versuchen müssen, denjenigen Sprachen also, in welchen ein Geheimnis dieser Art von einem Piraten der karibischen Gewässer wohl natürlicherweise

**170**

abgefaßt worden wäre. Wie die Dinge aber lagen, nahm ich also an, es sei dies ein englisches Kryptogramm.

Wie Sie sehen, gibt es keinerlei Abstände zwischen den Wörtern. Wären die Wörter voneinander getrennt, so hätte ich es mit einem verhältnismäßig leichten Problem zu tun gehabt. In einem solchen Falle hätte ich mit einer Kollation und Analyse der kürzeren Wörter begonnen, und wäre ein Wort aus nur einem einzigen Buchstaben vorgekommen, was ja höchstwahrscheinlich ist (zum Bcispiel *a* oder *I*), hätte ich die Lösung für gesichert angesehen. Doch da keine Aufteilung vorlag, ging ich als erstes daran, die häufigsten Buchstaben zu ermitteln und ebenso die am wenigsten häufigen. So habe ich sie denn alle gezählt und folgende Tabelle aufgestellt:

Das Zeichen 8 kommt 33 mal vor.

| ; | " | 26 | " | ". |
| 4 | " | 19 | " | ". |
| ‡) | " | 16 | " | ". |
| ✻ | " | 13 | " | ". |
| 5 | " | 12 | " | ". |

| 6 | " | 11 | " | ". |
|---|---|---|---|---|
| †1 | " | 8 | " | ". |
| 0 | " | 6 | " | ". |
| 92 | " | 5 | " | ". |
| :3 | " | 4 | " | ". |
| ? | " | 3 | " | ". |
| ¶ | " | 2 | " | ". |
| ]–. | " | 1 | " | ". |

Nun ist *e* im Englischen der Buchstabe, welcher am häufigsten vorkommt. Danach geht die Reihenfolge: *a o i d h n r s t u y c f g l m w b k p q x z*. *E* dominiert jedoch in so außerordentlichem Maße, daß kaum ein einzelner Satz von einiger Länge zu finden sein dürfte, in welchem es nicht der vorherrschende Buchstabe wäre.

Somit haben wir also gleich zu Beginn die Grundlage für etwas, das über bloße Vermutung hinausgeht. Der allgemeine Nutzen, der aus der Tabelle zu ziehen ist, liegt auf der Hand – doch bei dieser unserer speziellen Geheimschrift werden wir ihrer Hilfe nur zu einem kleinen Teil bedürfen. Da unser häufigstes Zeichen 8 ist, wollen wir damit beginnen, es für das *e* des natürlichen Alphabets zu nehmen. Um die Richtigkeit dieser Annahme zu prüfen, wollen wir doch einmal sehen, ob 8 häufig paarweise auftritt – denn im Englischen wird *e* sehr oft verdoppelt – in solchen Wörtern zum Beispiel wie *meet, fleet, speed, seen, been, agree* usw. Im vorliegenden Falle finden wir es nicht weniger denn fünfmal doppelt, obgleich das Kryptogramm nur kurz ist.

Nehmen wir also an, 8 sei *e*. Von allen *Wörtern* der englischen Sprache ist nun der bestimmte Artikel *the* das häufigste; sehen wir also nach, ob sich nicht in der gleichen Anordnung drei Zeichen wiederholen, deren letztes 8 ist. Stellen wir eine solche Zeichengruppe wiederholt fest, so dürfte sie höchstwahrscheinlich das Wort *the* darstellen. Bei der Durchsicht stoßen wir auf nicht weniger denn sieben solche Folgen, und zwar mit den Zeichen *;48*. Wir dürfen daher annehmen, daß das Semikolon *t*, *4* das *h* und 8 das *e* vertritt – das letztere ist nun wohl bestätigt. Damit ist ein großer Schritt getan.

Haben wir aber bereits ein einzelnes Wort

**173**

festgestellt, sind wir imstande, einen überaus wichtigen Punkt zu bestimmen; nämlich diverse Anfänge und Endungen anderer Wörter. Nehmen wir doch zum Beispiel einmal den vorletzten Fall, da die Kombination *;48* vorkommt – nicht weit vom Ende des Textes. Wir wissen, daß das unmittelbar folgende Semikolon den Anfang eines Wortes darstellt, und von den sechs Charakteren, welche nach diesem *the* kommen, kennen wir nicht weniger denn fünf. Setzen wir nun also für diese Charaktere die Buchstaben ein, welche sie unseres Wissens vertreten, wobei wir für den einen unbekannten einen Zwischenraum frei lassen –

*t   eeth.*

Hier sehen wir uns nun sogleich imstande, das *th* auszusondern, da es keinen Teil des mit dem ersten *t* beginnenden Wortes bildet; denn wenn wir das gesamte Alphabet nach einem Buchstaben durchgehen, welcher in die Lücke passen könnte, stellen wir fest, daß sich kein Wort bilden läßt, das dieses *th* enthalten könnte. So engt sich das Ganze ein auf

**174**

*t  ee,*

und probieren wir nun, falls nötig, wie zuvor
das Alphabet noch einmal durch, so kommen
wir zu dem Wort *tree* als der einzig möglichen
Lesart. Somit haben wir einen weiteren Buchstaben gewonnen, *r*, vertreten durch *(*, dazu
nebeneinander die Wörter *the tree.*

Schauen wir nun ein kleines Stück weiter,
so stoßen wir erneut auf die Kombination *;48*
und nutzen dieses nun zur *Abgrenzung* des
unmittelbar Vorhergehenden. Wir erhalten
also diese Folge:

*the tree ;4(‡?34 the,*

beziehungsweise lautet diese, wenn wir die
uns bekannten Buchstaben einsetzen, nun
so:

*the tree thr‡?3h the.*

Wenn wir nun an Stelle der noch unbekannten Charaktere Zwischenräume lassen oder
Pünktchen setzen, so lesen wir:

*the tree thr...h the,*

worauf sogleich das Wort *through* in die Augen springt. Diese Entdeckung bringt uns

aber nun drei neue Buchstaben ein, *o, u* und *g*, vertreten durch ⁞, ? und 3.

Sehen wir den Text nun genau nach Kombinationen aus den uns bekannten Charakteren durch, so finden wir nicht weit vom Anfang die folgende Gruppe:

83(88, oder *egree*,

was eindeutig der Schluß des Wortes *degree* ist und uns als neuen Buchstaben das *d* beschert, vertreten durch †.

Vier Buchstaben hinter dem Wort *degree* entdecken wir die Kombination

;46(;88\*.

Übertragen wir die bekannten Zeichen und geben die unbekannten wie zuvor durch Pünktchen wieder, so lesen wir:

*th . rtee .,*

eine Folge, die sogleich das Wort *thirteen* nahelegt und uns abermals mit zwei neuen Buchstaben ausrüstet, *i* und *n*, vertreten durch 6 und \*. Wenden wir uns nun dem Anfang des Kryptogramms zu, so finden wir da die Kombination

**176**

Übertragen wir diese wie zuvor, so erhalten wir

.*good*,

was uns die Gewißheit gibt, daß der erste Buchstabe *A* ist und die beiden ersten Worte *A good* lauten.

Um Verwirrung zu vermeiden, ist es jetzt an der Zeit, daß wir unseren Schlüssel, soweit wir ihn entdeckt haben, in einer Tabelle darstellen. Und das sieht so aus:

| | | |
|---|---|---|
| 5 | steht für | a |
| † | ″ | d |
| 8 | ″ | e |
| 3 | ″ | g |
| 4 | ″ | h |
| 6 | ″ | i |
| ✳ | ″ | n |
| ‡ | ″ | o |
| ( | ″ | r |
| ; | ″ | t. |

Wir haben also nicht weniger als zehn der wichtigsten Buchstaben dargestellt, und es ist sicher nicht nötig, mit den Einzelheiten der Lösung fortzufahren. Ich habe wohl genug gesagt, um Sie davon zu überzeugen, daß Chiffren dieser Art leicht zu entschlüsseln sind, und Ihnen einen Einblick in das logische *Grundprinzip* ihrer Entzifferung zu geben. Doch seien Sie versichert, daß unser Beispiel hier zu den allereinfachsten Sorten von Kryptographie gehört. Es bleibt mir nur noch, Ihnen die vollständige Übertragung der enträtselten Zeichen auf dem Pergament zu geben. Sie lautet:

›*A good glass in the bishop's hostel in the devil's seat twenty-one degrees and thirteen minutes northeast and by north main branch seventh limb east side shoot from the left eye of the death's-head a bee line from the tree through the shot fifty feet out.*‹[1]

1 ›Ein gutes Glas in Bishop's Hotel auf dem Teufelssitz einundzwanzig Grad und dreizehn Minuten Nordnordost Hauptast siebter Zweig Ostseite schieß vom linken Auge des Totenkopfes eine gerade Linie vom Baum durch den Schuß fünfzig Fuß fort.‹ – *Anm. d. Übers.*

»Aber«, sagte ich, »das Rätsel bedünkt mich um nichts gebessert. Wie sollte es nur möglich sein, aus all dem Kauderwelsch von *devil's seat*, *death's-head* und *bishop's hostel* einen Sinn herauszuholen?«

»Ich gestehe«, erwiderte Legrand, »daß die Sache noch immer recht schwierig aussieht, wenn man sie flüchtig betrachtet. Mein erstes Bestreben war nun, das Ganze in die natürlichen Abschnitte einzuteilen, wie sie der Kryptograph im Sinn gehabt.«

»Sie meinen, Interpunktion zu setzen?«

»So ungefähr.«

»Aber wie war das zu bewerkstelligen?«

»Ich habe mir überlegt, daß der Schreiber seine Wörter *absichtlich* ohne Abtrennung ineinander übergehen ließ, um die Lösung zu erschweren. Nun, verfolgt ein Mann, der nicht allzu großen Geistes ist, diesen Zweck, so dürfte er mit ziemlicher Sicherheit des Guten zuviel tun. Sobald er nun im Verlaufe der Abfassung bei einem Absatz im Thema anlangt, wie er ganz natürlich einen Gedankenstrich erfordern würde oder einen Punkt, so wäre er nur um so mehr geneigt, seine Zeichen gerade an dieser Stelle noch enger als sonst aneinanderzusetzen. Wenn Sie sich im vorliegenden Falle das Manuskript einmal daraufhin ansehen, so werden Sie ohne weiteres fünf solche Stellen ungewöhnlich dichter Häufung entdecken. Ich folgte diesem Hinweis und gliederte das Ganze folgendermaßen: ›Ein gutes Glas in Bishop's Hotel auf dem Teufelssitz – einundzwanzig Grad und dreizehn Minuten – Nordnordost – Hauptast siebter Zweig Ostseite – schieß vom linken Auge des Totenkopfes – eine gerade Linie vom Baum durch den Schuß fünfzig Fuß fort.‹«

»Selbst diese Einteilung«, sagte ich, »läßt mich noch immer im dunkeln.«

»Mir ging es ebenso«, entgegnete Legrand, »ein paar Tage lang; indessen ich in der Umgegend von Sullivan's Island eifrig nach einem Bauwerk forschte, das den Namen ›Bishop's Hotel‹ führte; denn das veraltete Wort *hostel* behielt ich selbstverständlich nicht bei. Da ich nichts in Erfahrung bringen konnte, stand ich schon im Begriffe, meine Spur auf ein größeres Gebiet auszudehnen

**180**

und systematischer vorzugehen, als mir eines Morgens mit einem Mal der Gedanke durch den Kopf fuhr, dieses ›Bishop's Hotel‹ könne vielleicht etwas mit einer alten Familie namens Bessop zu tun haben, welche vor undenklichen Zeiten sich im Besitze eines alten Herrenhauses befunden, etwa vier Meilen nördlich der Insel. Also begab ich mich hinüber zu der Plantage und nahm bei den älteren Negern dort meine Erkundigungen wieder auf. Schließlich sagte mir eine der bejahrtesten Frauen, sie habe von einem Orte namens *Bessop's Castle* gehört, und meinte, sie könne mich wohl hinführen, aber ein ›Kastell‹ sei es nicht, auch keine Herberge, sondern ein hoher Felsen.

Ich bot ihr an, ihr ihre Mühe gut zu lohnen, und nach einigem Zögern willigte sie ein, mich zu der Stelle zu begleiten. wir fanden diese ohne große Schwierigkeit, worauf ich die alte Frau entließ und daranging, die Stelle zu untersuchen. Das ›Kastell‹ bestand aus einer regellosen Ansammlung von Klippen und Felsen – unter den letzteren fiel einer ob seiner Höhe wie auch seiner vereinzelten und künstlichen Erscheinung besonders auf. Ich erklomm seinen Gipfel und wußte dann nicht so recht, was ich nun weiter tun sollte.

Während ich noch mit mir zu Rate ging, fiel mein Blick auf einen schmalen Vorsprung in der Ostwand des Felsens, vielleicht ein Yard unterhalb der Spitze, auf der ich stand. Dieser Vorsprung ragte etwa achtzehn Zoll weit heraus und war nicht mehr als einen Fuß breit, während eine Nische im Felsen darüber ihm eine grobe Ähnlichkeit mit einem der hohlrückigen Stühle verlieh, wie sie unsere Vorfahren in Gebrauch hatten. Ich hegte keinen Zweifel, daß dies hier der ›Teufelssitz‹ sei, von welchem in dem Manuskripte die Rede, und nun war mir, als begreife ich das volle Geheimnis des Rätsels.

Das ›gute Glas‹, so erkannte ich, konnte sich auf nichts als ein Fernrohr beziehen; denn in anderem Sinne wird das Wort ›Glas‹ von Seeleuten kaum verwendet. Hier war also, das sah ich sogleich, ein Fernglas zu benutzen, von einem ganz bestimmten Blickwinkel aus, *der keinerlei Abweichung zuließ.* Auch zögerte ich nicht anzunehmen, daß die

182

Ausdrücke ›einundzwanzig Grad und dreizehn Minuten‹ und ›Nordnordost‹ als Anwei-
sung für die Einstellung des Glases zu
verstehen seien. Höchlich erregt über diese
Entdeckungen, eilte ich nach Hause, holte
ein Teleskop und kehrte zu dem Felsen zurück.

Ich ließ mich auf den Vorsprung hinab und
merkte, daß es unmöglich war, anders als in
einer einzigen bestimmten Stellung darauf zu
sitzen. Dieser Umstand bestätigte meinen zuvor gefaßten Gedanken. Nun schickte ich
mich an, das Glas zu gebrauchen. Natürlich
konnten die ›einundzwanzig Grad und dreizehn Minuten‹ nichts anderes meinen als die
Richthöhe über dem sichtbaren Horizont,
denn die horizontale Richtung war eindeutig
mit den Worten ›Nordnordost‹ vorgegeben.
Letztere Richtung stellte ich sogleich mittels
eines Taschenkompasses fest; dann richtete
ich das Glas, so gut ich es zu schätzen vermochte, auf einen Höhenwinkel von einundzwanzig Grad aus und bewegte es vorsichtig
auf und ab, bis meine Aufmerksamkeit von
einer kreisförmigen Spalte oder Öffnung im

**183**

Blattwerk eines gewaltigen Baumes gefesselt ward, der seinesgleichen in der Ferne überragte. Im Mittelpunkt dieses Spaltes gewahrte ich einen weißen Fleck, konnte aber zunächst nicht ausmachen, was es war. Als ich das Teleskop schärfer eingestellt hatte, blickte ich abermals hin und erkannte es nun als einen menschlichen Schädel.

Diese Entdeckung stimmte mich so zuversichtlich, daß ich das Rätsel als gelöst betrachtete; denn der Ausdruck ›Hauptast, siebter Zweig, Ostseite‹ konnte nur die Stelle bezeichnen, an der sich der Schädel auf dem Baume befand, während ›schieße vom linken Auge des Totenkopfes‹ hinsichtlich der Suche nach einem vergrabenen Schatze auch nur eine Deutung zuließ. Ich verstand nun, daß der Plan darin bestand, eine Kugel vom linken Auge des Schädels herabfallen zu lassen, und daß eine gerade Linie oder, anders ausgedrückt, der kürzeste Weg vom nächstgelegenen Punkt des Baumstammes durch ›den Schuß‹ (bzw. die Stelle, wo die Kugel heruntergefallen war) und von dort auf eine Strecke von fünfzig Fuß verlängert, einen ganz bestimmten Punkt anzeigen würde – und unter diesem Punkte hielt ich es zumindest für *möglich*, daß da ein Schatz verborgen läge.«

»All dies«, sagte ich, »ist ungemein einleuchtend, und obschon sinnreich erdacht, ist es doch einfach und klar. Und was geschah, als Sie das ›Bishop's Hotel‹ verlassen hatten?«

»Nun, nachdem ich mir die Lage des Baumes genau eingeprägt hatte, wandte ich mich wieder heimwärts. Sobald ich jedoch den ›Teufelssitz‹ verlassen hatte, verschwand der kreisförmige Spalt; auch danach konnte ich keinen Blick mehr davon erhaschen, wie sehr ich mich auch wenden mochte. Was mir bei der ganzen Sache wirklich genial vorkommt, ist die Tatsache (und wiederholtes Experiment hat mich überzeugt, daß es eine Tatsache *ist*), daß die besagte kreisrunde Öffnung von keinem anderen erreichbaren Standpunkte aus sichtbar ist denn ebenjenem, den der schmale Vorsprung an der Felswand gewährt.

Bei dieser Expedition zum ›Bishop's Hotel‹ hatte mich Jupiter begleitet, der zweifellos schon etliche Wochen mein zerstreutes Wesen bemerkt hatte und ganz besondere Vorsicht walten ließ, mich nicht allein zu lassen. Am nächsten Tage aber, da ich sehr zeitig aufgestanden war, gelang es mir, ihm zu entwischen, und ich ging in die Berge hinüber, den Baum zu suchen. Nach vieler Mühsal fand ich ihn dann. Als ich abends heimkehrte, wollte mein Diener mir eine Tracht Prügel verabreichen. Mit dem Rest des Abenteuers sind Sie, glaube ich, ebensogut bekannt wie ich.«

»Ich nehme an«, sagte ich, »beim ersten Grabungsversuch haben Sie die Stelle wohl durch Jupiters Dummheit verfehlt, weil er den Käfer durch das rechte statt das linke Auge des Schädels fallen ließ –«

»Ganz recht, dieser Fehler ergab für den ›Schuß‹ eine Abweichung von etwa zweieinhalb Zoll – das heißt für die dem Baum am nächsten gelegene Stelle des Pflocks, und hätte sich der Schatz *unter* dem ›Schuß‹ befunden, so wäre der Irrtum nicht weiter bedeutungsvoll gewesen; doch ›der Schuß‹ und der nächste Punkt des Baumes waren lediglich zwei Punkte, die Richtung einer Linie zu bestimmen; so ward der Fehler, mochte er zunächst auch noch so gering sein, natürlich immer größer, je weiter wir die Gerade verlängerten, und als wir fünfzig Fuß weit gegangen waren, hatten wir die rechte Spur dann gänzlich verloren. Wäre ich nicht im tiefsten Innern so fest davon überzeugt gewesen, daß tatsächlich hier irgendwo ein Schatz vergraben läge, so wäre all unsere Mühe wohl gar umsonst gewesen.«

»Ich denke mir«, sagte ich, »auf den absonderlichen Einfall mit dem *Schädel* – eine Kugel durch das Auge fallen zu lassen – war Kidd wohl durch die Piratenflagge gekommen. Ohne Zweifel empfand er so etwas wie poetische Konsequenz darin, sein Geld durch dieses ominöse Standeszeichen wiederzugewinnen.«

»Vielleicht; doch es will mich nicht anders bedünken, als daß der gesunde Menschenverstand genausoviel mit der Sache zu tun hatte wie poetische Konsequenz. Um vom Teufelssitz aus sichtbar zu sein, mußte der Gegenstand, war er klein, unbedingt *weiß* sein; und nichts vermag nun einmal so wie der menschliche Schädel, allen Wetterunbilden ausgesetzt, das Weiß zu bewahren oder gar noch zu bleichen.«

»Doch Ihr pathetisches Gerede und Ihr Gehabe, da sie den Käfer hin und her schwenkten – wie überaus wunderlich! Ich war sicher, Sie wären verrückt geworden. Und warum haben Sie darauf bestanden, den Käfer statt einer Kugel durch den Schädel fallen zu lassen?«

»Nun, ehrlich gesagt, ich ärgerte mich etwas über Ihre offensichtlichen Zweifel an meinem Verstande, und so beschloß ich, Sie stillschweigend, auf meine eigene Weise, durch ein klein wenig bescheidene Mystifizierung zu bestrafen. Aus diesem Grunde schwenkte ich den Käfer hin und her, und aus diesem Grunde ließ ich ihn vom Baume herunterfallen. Eine Bemerkung Ihrerseits bezüglich seines großen Gewichtes hat letzteren Gedanken mir eingegeben.«

»Ja, ich verstehe; und nun bleibt mir nur noch ein Punkt, der mir Kopfzerbrechen bereitet. Was sollen wir von den Skeletten halten, die wir in dem Loche gefunden haben?«

**188**

»Das ist eine Frage, welche ich ebensowenig zu beantworten vermag wie Sie. Es scheint jedoch nur eine einzige plausible Erklärung dafür zu geben – und doch wäre es schrecklich, müßte man an eine solche Greueltat glauben, wie meine Vermutung sie enthielte. Es ist klar, daß Kidd – falls es wirklich Kidd ist, der diesen Schatz versteckt hat, woran ich aber nicht zweifle –, es ist klar, daß er Hilfe bei dem mühseligen Werke gehabt haben muß. Doch als die ärgste Arbeit getan war, mag er es für tunlich gehalten haben, alle Mitwisser seines Geheimnisses zu beseitigen. Da genügten vielleicht schon ein paar Hiebe mit einer Hacke, dieweil die Mithelfer noch in der Grube tätig waren; vielleicht brauchte es auch ein Dutzend – wer will das sagen?«

## Zu dieser Ausgabe

insel taschenbuch 2351:
Edgar Allan Poe,
Die Grube und das Pendel.
Schaurige Erzählungen

Die Erzählungen sind folgender Ausgabe entnommen:
Edgar Allan Poe, Ausgewählte Werke in drei Bänden.
Herausgegeben und mit einem Vorwort versehen von
Günter Gentsch. Aus dem Amerikanischen übertragen
von Karl Heinz Berger, Barbara Cramer-Nauhaus,
Heinz Czechowski, Klaus Jürgen Fritsch, Günter
Gentsch, Erika Gröger, Uwe Grüning, Rainer Kirsch,
Peter Meier, Thilo Meyer, Andrea Sachs, Heide Steiner
und Ruprecht Willnow. Erster Band: Erzählungen und
Skizzen; Zweiter Band: Erzählungen und Skizzen. Re-
flexionen, Essays und Kritiken. Insel Verlag Frankfurt
am Main 1990.

*Sturz in den Malström,* S. 9. Originaltitel: A Descent
into the Maelström. Erstveröffentlichung Graham's Ma-
gazine, Mai 1841. Textvorlage der Übersetzung von
Heide Steiner: J.-Lorimer-Graham-Exemplar. Aus: op.
cit., vol. 1, p. 420–441.

*Die Grube und das Pendel,* S. 51. Originaltitel: The Pit
and the Pendulum. Erstveröffentlichung: The Gift:

A Christmas and New Years Present MDCCXLII, 1842. Textvorlage der Übersetzung von Erika Gröger: The Works of the Late Edgar Allan Poe, Erster Teil, New York 1850. Aus: op. cit. vol. 1, p. 491–510.

*Das verräterische Herz,* S. 89. Originaltitel: The Tell-Tale Heart. Erstveröffentlichung: Pioneer, Boston Januar 1843. Textvorlage der Übersetzung von Heide Steiner: The Works of the Late Edgar Allan Poe, Erster Teil, New York 1850. Aus: op. cit. vol. 1, p. 590–596.

*Der Goldkäfer,* S. 102. Originaltitel: The Gold Bug. Erstveröffentlichung: Teilabdruck in der Dollar Newspaper, 21. Juni 1843. Vollständiger Abdruck in der Ausgabe vom 28. Juni 1843. Textvorlage der Übersetzung von Heide Steiner: J.-Lorimer-Graham-Exemplar. Aus: op. cit. vol. 1, p. 597–642.

Umschlagillustration: Gottfried Helnwein